Bianca

Abby Green

Perdón sin olvido

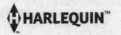

HARLEQUIN™

Editado por HARLEQUIN IBÉRICA, S.A.
Núñez de Balboa, 56
28001 Madrid

I.S.B.N.: 978-84-687-3583-2
Depósito legal: M-21990-2013
Editor responsable: Luis Pugni
Fotomecánica: M.T. Color & Diseño, S.L. Las Rozas (Madrid)
Impresión en Black print CPI (Barcelona)
Fecha impresion para Argentina: 7.4.14
Distribuidor exclusivo para España: LOGISTA
Distribuidor para México: CODIPLYRSA
Distribuidores para Argentina: interior, BERTRAN, S.A.C. Vélez
Sársfield, 1950. Cap. Fed./ Buenos Aires y Gran Buenos Aires,
VACCARO SÁNCHEZ y Cía, S.A.

Prólogo

SIENA DePiero salió del *palazzo* fuertemente agarrada de la mano de su hermana mayor. Aunque tenía doce años, y Serena catorce, seguían protegiéndose mutuamente. Su padre estaba ese día de peor humor que de costumbre. El coche esperaba junto a la acera y el chófer uniformado junto a la puerta abierta. Los guardaespaldas no andarían lejos.

Un hombre de cabellos oscuros, que parecía haber surgido de la nada, impidió el paso de su padre. Gesticulaba mucho y le llamaba *Papà*. Siena y Serena también se detuvieron y los robustos guardaespaldas se interpusieron entre ellos y el joven.

Siena apreció de inmediato la semejanza entre ese hombre y su padre. Poseían el mismo corte de cara y la misma forma de los ojos. Pero ¿cómo podían estar emparentados? De repente se oyó un crujido y el joven cayó al suelo levantando la vista con el espanto reflejado en sus ojos y la sangre chorreando de la nariz. Su padre lo había golpeado.

Siena se agarró con más fuerza a Serena. Su padre se volvió hacia ellas y les hizo un gesto furioso para que lo siguieran. El camino era tan estrecho que tuvieron que saltar por encima de las piernas del joven. Siena estaba demasiado asustada para mirarlo.

Apresuradamente se sentaron en el asiento trasero del coche y Siena oyó a su padre dar unas cortantes indicaciones a sus hombres.

Y entonces se oyó el grito del joven caído en el suelo.

–¡Soy Rocco, tu hijo, tu bastardo!

Su padre entró en el coche que arrancó de inmediato, pero Siena no pudo resistir la tentación de mirar atrás. Los hombres de su padre retiraban al joven a rastras.

–¿Qué estás haciendo? –su padre la agarró fuertemente del lóbulo de una oreja y la obligó girar la cabeza hasta mirarlo.

–Nada, papá.

–Me alegro, porque ya sabes lo que sucederá si me enfadas.

–Sí, papá –asintió Siena.

Tras un largo y tenso momento, su padre les dio por fin la espalda. Siena sabía muy bien lo que sucedía cuando enfurecía a su padre. Castigaría a su hermana, Serena. No a ella, a su hermana. Era lo que más le divertía hacer.

Siena no miró a su hermana, pero mantuvieron las manos firmemente unidas durante el resto del trayecto.

Capítulo 1

A ANDREAS Xenakis no le gustaba la fuerte sensación de triunfo que lo invadía. Significaba que ese momento era más importante de lo que le gustaría admitir. A fin de cuentas estaba a muy poca distancia de la mujer que prácticamente lo había acusado de violarla solo para proteger la inmaculada imagen que cultivaba ante su padre. Por su culpa había perdido el trabajo y había sido incluido en la lista negra de todos los hoteles de Europa.

Sus cabellos, recogidos en un moño, eran tan rubios que resplandecían casi blancos bajo la suave luz de los candelabros. El porte seguía siendo tan descuidadamente regio como la primera vez que la había visto en aquel salón de baile de París. Era un pura sangre rodeado de seres inferiores y las mujeres la ignoraban, como si fuera una competidora.

Andreas recorrió su rostro con la mirada. La línea patricia de la nariz no dejaba lugar a dudas sobre su aristocrática cuna italiana, diluida en parte por una madre medio inglesa. Tenía la piel fina y suave, como un pétalo de rosa.

Una piel que había acariciado con reverencia, como si se tratara de una diosa, como si la estuviera marcando, mancillando con sus dedos. Con los puños fuertemente apretados recordó cómo ella lo había animado a continuar con sensuales jadeos.

–Por favor, tócame, Andreas.

Y luego lo había rechazado, acusándolo de atacarla.

En ese instante ella se volvió y lo miró, y la ira despertada por el recuerdo se concentró en un torrente de sangre que se instaló en su cabeza y su entrepierna. Imposible escapar al impacto de los enormes y resplandecientes ojos azules bordeados por unas negrísimas pestañas. Sin embargo, lo que atrajo su mirada fueron los labios, pecaminosamente sensuales y rosas. Unos labios que pedían a gritos ser besados. En un segundo Andreas quedó reducido a un puro instinto animal y odió a esa mujer por lo que le hacía. Siempre la odiaría.

No, se corrigió, siempre no. Solo hasta que consiguiera saciarse de ella. Hasta que terminara lo que ella había empezado. Se lo había hecho por aburrimiento, por curiosidad. Porque había tenido el poder para hacerlo. Porque él no era nada.

Pero las tornas habían cambiado. Él ya estaba lejos de ser un don nadie y, gracias a un cruel giro del destino, Siena DePiero había caído más bajo de lo que él había estado jamás, tornándola vulnerable... ante él.

La rubia cabeza desapareció momentáneamente de su vista y Andreas sintió contraerse las entrañas. No le gustaba sentir el interés de los demás hombres hacia ella. Le hacía sentirse posesivo, y no le gustaba.

Siena DePiero avanzaba entre la gente con cuidado de no derramar el contenido de la pesada bandeja cuando un robusto torso a la altura de sus ojos la obligó a parar.

Levantando la vista contempló al gigante de anchos hombros vestido de frac. A punto de abrir la boca para disculparse, la mirada se posó en su rostro y se quedó helada.

Andreas Xenakis.

Lo reconoció de inmediato y el efecto fue devastador. Era como si no hubieran pasado más que escasos minutos, y aun así habían sido cinco años.

Enseguida percibió la expresión de odio en sus ojos y sintió que el estómago se le agarrotaba. De todas las personas a las que podría haberse encontrado en su nueva vida, nadie sacaría mayor rendimiento que Andreas Xenakis. ¿Y acaso podría recriminárselo?

—Vaya, vaya, vaya.

La voz, tan dolorosamente familiar, apretó un poco más el nudo de su estómago.

—Qué gracia encontrarte aquí.

Siena sentía la mirada deslizarse lentamente por el uniforme de camarera. Sentía una corriente eléctrica recorriendo sus venas, vibrante e inquietante.

Las oscuras cejas enarcadas enmarcaban unos impresionantes ojos azul oscuro. Siena contempló la boca, sensual, hermosa, sexy y burlona. Esperaba una respuesta.

—Señor Xenakis, qué agradable volver a verle —contestó al fin con frialdad.

—Incluso en estas circunstancias hace que parezca que me das la bienvenida a tu fiesta en lugar de servir copas a una gente a la que años atrás ni siquiera te habrías dignado a mirar a la cara —Andreas soltó una amarga carcajada.

Siena dio un respingo. No hacía falta ser adivina para saber que el hombre que tenía enfrente se había endurecido y era más despiadado que el que había conocido en París. La meteórica escalada de Xenakis hasta convertirse en uno de los hoteleros más importantes del mundo a la temprana edad de treinta años había sido noticia en todo el mundo.

—Me halaga que te acuerdes de mí —continuó él—. A fin de cuentas solo nos vimos una vez.

Se estaba burlando de ella y Siena sintió el impulso de recordarle que en realidad habían sido dos veces. Había vuelto a verlo a la mañana siguiente de aquella catastrófica noche.

—Sí —ella desvió la mirada, incómoda—. Claro que te recuerdo.

De repente no pudo soportarlo más. La bandeja empezó a oscilar entre sus manos mientras la magnitud de lo que estaba sucediendo la asaltaba. Para su sorpresa, Andreas tomó la bandeja y la depositó sobre una pequeña mesita de mármol.

El jefe de Siena se acercó a ellos, deshecho en un mar de sonrisas hacia Andreas.

—Señor Xenakis ¿va todo bien? Si mi empleada le ha importunado...

—No —lo interrumpió Andreas con voz cortante, autoritaria. Exhalaba poder y confianza, junto con un innegable carisma sexual—. Todo va bien. Resulta que conozco a la señorita...

—Señor Xenakis —lo interrumpió Siena apresuradamente—, como ya le he dicho, me alegra volver a verle, pero, si me disculpa, debo regresar al trabajo.

Recuperando la pesada bandeja y sin mirar a Andreas o a su jefe, se marchó sobre sus temblorosas piernas, sintiendo la mirada de Andreas sobre ella.

—Le pido disculpas, señor Xenakis —continuó el otro hombre—. Nuestros empleados tienen órdenes estrictas de no hablar con los invitados, pero la señorita Mancini es nueva y...

—En realidad fui yo el que se dirigió a ella —espetó Andreas, visiblemente irritado, antes de reparar en un detalle—. ¿Ha dicho que se apellida Mancini?

—Sí —asintió distraídamente su jefe—. Desde luego tiene un físico impresionante. Podría ser modelo. No entiendo qué hace trabajando como camarera, pero no me quejo. Jamás había tenido tantas peticiones para conocer el número de teléfono de un empleado mío.

Andreas no se molestó en explicarle que si trabajaba como camarera era porque había sido declarada persona *non grata* en la alta sociedad europea. También obvió el detalle de que hubiera cambiado de apellido y sintió cómo la ira se acumulaba en su interior.

–Doy por hecho que nunca facilita los números de teléfono ¿no es así?

–Bueno, yo... –el hombre balbuceó–. Claro que no, señor Xenakis. No sé qué clase de empresa cree que dirijo, pero le aseguro que...

–No importa –interrumpió Andreas–. Cuando investigue su negocio estaré seguro.

Sin decir una palabra más, se marchó en la dirección tomada por Siena. Tenía un asunto mucho más urgente que tratar: asegurarse de que Siena DePiero no se le escapara.

Un par de horas más tarde, Siena caminaba apresuradamente por las calles de Mayfair. Aún no había asimilado el hecho de que Andreas Xenakis estuviera en Londres, la ciudad que había elegido para esconderse y empezar de nuevo. Para alivio suyo, no había vuelto a tropezar con él durante la velada, aunque sí había sentido su imponente presencia.

Sufriendo por el dolor de las ampollas en los pies, se recriminó por permitir que Andreas la afectara tanto. Desde luego tenían un pasado, un pasado nada bonito. Y no tenía ninguna gana de recordar la furiosa mirada de cinco años atrás cuando, de pie junto a su padre, sujetándose el vestido contra el pecho, había reconocido con voz temblorosa:

–Sí, papá, me atacó. No pude impedirlo.

–Eso es mentira –había exclamado Andreas con fuerte acento griego–. Ella me suplicaba...

Su padre había alzado una autoritaria mano para hacerle callar y luego se había vuelto hacia ella, que lo miraba aterrorizada ante la perspectiva del castigo que le aguardaría si creía en las palabras de ese joven y no en las de su hija.

–Está mintiendo ¿verdad? –había preguntado con calma el hombre más mayor–. Tú jamás permitirías que un hombre como él te tocara ¿no es así?

–Sí, está mintiendo –había contestado Siena. Era la única respuesta que había podido ofrecerle a su padre–. Jamás permitiría que alguien como él me tocara.

Al recordar el pasado, no pudo evitar maravillarse por lo lejos que estaba Andreas de ese hombre al que había conocido. También le sorprendió que la hubiera reconocido. Ella, mejor que nadie, sabía que normalmente la gente solo veía la mano que les servía, no a la persona. Recordó una ocasión en que había ayudado a un camarero al que se le había caído una bandeja en una de las famosas fiestas de su padre. Su padre la había arrastrado hasta su despacho y, apretándole dolorosamente el brazo, le había recriminado su actitud.

–¿No sabes quiénes somos? Tú pisoteas a esa gente, no te paras para ayudarla.

Siena había tenido que morderse la lengua para no contestar:

–¿Igual que pisoteaste a tu hijo ilegítimo, a nuestro hermano, en la calle?

El comentario habría tenido como consecuencia una fuerte paliza... para su hermana.

Siena suspiró aliviada al acercarse a la parada del autobús. Tras una noche de sueño olvidaría los malos recuerdos y el haber vuelto a encontrarse con Andreas Xenakis.

Jamás olvidaría lo que le había hecho. Con frecuencia rememoraba aquella noche y cómo, con tan solo una mirada y una caricia, ese hombre le había hecho perder toda sensatez. Al saber por la prensa de su éxito como empresario, en cierto modo se había sentido aliviada al comprobar que había acabado mejor de lo que había esperado.

Siena despejó con decisión su mente de los inquietantes pensamientos, sustituyéndolos por una irritante ansiedad. Llegando a la parada del autobús, se preguntó si los dos trabajos que tenía bastarían para ayudar a su hermana. Sin embargo, en el fondo sabía que para eso haría falta un milagro.

Acababa de llegar a la parada cuando vio acercarse un deportivo color plata. El coche se detuvo y, aun antes de ver al conductor, el corazón se le aceleró.

El atractivo rostro de Andreas Xenakis se asomó por la ventanilla y Siena dio instintivamente un paso atrás. En un segundo él saltó del coche y la agarró de un codo.

–Por favor –Andreas sonrió con calma, como si detenerse en una parada de autobús, vestido de frac, y recoger a una joven fuera de lo más normal–. Permíteme llevarte.

Siena estaba tan tensa que temía partirse en dos. La fina cazadora vaquera que no le resguardaba del frío, y el inmenso cansancio, hacía que le dolieran todos los huesos.

–No hace falta, gracias. Mi autobús llegará enseguida.

–¿Saben tus compañeros de trabajo que podrías haber conversado con cada uno de los invitados extranjeros de la fiesta en su lengua materna? –Andreas sacudió la cabeza.

Humillada por la acertada referencia a su mísera situación, Siena se soltó y buscó en su mente algún comentario hiriente que lo animara a marcharse de allí.

–Te he dicho que estoy bien, gracias. Y estoy segura

de que tienes cosas mejores que hacer que seguirme a todas partes como un cachorrillo abandonado.

Andreas la taladró con la mirada y Siena lamentó al instante sus palabras. Le recordaban el veneno que había surgido de sus labios aquella noche en París. Era la clase de palabras que Andrea esperaría de ella, pero no habían provocado el efecto deseado.

–Vámonos, *signorina* DePiero–. Estoy bloqueando la parada con el coche.

Siena vio llegar el autobús de dos pisos. El fuerte sonido del claxon le hizo dar un respingo. Los pasajeros que aguardaban los miraban irritados.

–No me pongas a prueba, Siena –insistió él en tono amenazante–. Soy capaz de dejar el coche ahí donde está.

–Acepte el ofrecimiento –exclamó alguien en tono exasperado–. Queremos irnos a casa.

De repente, Siena se sintió muy sola y, al fin, se dejó llevar por Andreas hasta el coche.

–Abróchate el cinturón –le ordenó él secamente–, o a lo mejor estás acostumbrada a que te hagan eso también...

Las palabras traspasaron la oscura niebla que llenaba la mente de Siena quien, apresuradamente, se dispuso a abrocharse el cinturón.

–No seas ridículo –contestó con amargura.

Andreas condujo el coche deportivo con gran pericia entre el intenso tráfico. Más que rodar, parecían ir flotando. Hacía mucho tiempo que Siena no disfrutaba de tanto lujo y el suave cuero del asiento que se abrazaba a su cuerpo resultaba casi sensual.

–Para el coche y déjame bajar, por favor –espetó–. Soy perfectamente capaz de llegar a mi casa. Acepté entrar en el coche para evitar una escena.

–Llevo buscándote seis meses, Siena, y no voy a dejar que te marches así como así.

Seis meses atrás, el padre de Siena había desaparecido, dejando a sus dos hijas en la ruina y enfrentadas al oprobio de la cobarde ausencia de su padre. Siena contempló horrorizada a Andreas. ¿Su encuentro de aquella noche no había sido una fatídica coincidencia?

–¿Me has estado buscando? –preguntó ella con voz temblorosa.

–Desde que supe lo de la desaparición de tu padre y vuestra bancarrota –asintió él.

Siena sostuvo la mirada de Andreas. ¿Por qué lo había hecho? ¿Para vengarse?

–Tenemos asuntos que aclarar –continuó él con voz letalmente dulce–. ¿No crees?

–No –a pesar del pánico, Siena no estaba dispuesta a darle la razón–. Y ahora, por favor, para el coche y déjame bajar.

–Necesito tu dirección, Siena –Andreas la ignoró por completo–. De lo contrario vamos a pasarnos toda la noche dando vueltas por Londres.

Siena apretó la mandíbula. Su mirada se posó en los largos y finos dedos aferrados al volante y, de repente tuvo la sensación de que ese hombre era mucho más despiadado de lo que había sido su padre. Desde luego, en los negocios, lo había demostrado con creces.

En más de una ocasión, Siena había buscado información sobre los progresos de Andreas. Había sabido de su inflexibilidad a la hora de cerrar hoteles poco rentables, negándose a responder a los rumores sobre la facilidad con la que dejaba a cientos de trabajadores en la calle. También había seguido de cerca su vida amorosa, plagada de las mujeres más bellas del planeta. Todas morenas o pelirrojas. Al parecer, las rubias ya no eran su tipo.

Temiendo que, en efecto, ese hombre fuera capaz de conducir toda la noche, Siena le facilitó su dirección.

—¿Lo ves? no ha sido tan difícil ¿a que no?

Siena dirigió la vista al frente con gesto contrariado. Durante unos minutos viajaron en silencio, aunque la tensión se hacía cada vez más patente.

—¿De dónde sacaste el apellido Mancini?

—¿Cómo lo sabes? —Siena lo miró perpleja antes de comprender—. Habrá sido mi jefe.

—¿Y bien? —insistió él como si no le importara esperar eternamente la respuesta.

—Era el apellido de soltera de mi abuela materna —contestó ella—. No quería arriesgarme a ser reconocida.

—Claro —contestó secamente Andreas—. Ya me imagino por qué no.

—No deberías haberme seguido —espetó Siena, furiosa por la indiferencia de Andreas.

—Considéralo un gesto de preocupación de un amigo que se interesa por ti.

—¿Amigo? —bufó ella—. Dudo que puedas incluirte en esa categoría en lo que a mí respecta.

—Tienes razón —murmuró él—. Fuimos más bien amantes. Un amigo no te acusa de violación cuando le conviene para salvar la cara.

—Yo jamás empleé esa palabra —Siena palideció.

—Como si lo hubieras hecho —Andreas encajó la mandíbula con fuerza—. Me acusaste de atacarte cuando ambos sabemos que, segundos antes de que apareciera tu padre, me estabas suplicando que...

—¡No sigas! —gritó Siena presa de la agitación.

No hacía falta que le recordara la sensación del cuerpo de Andreas sobre el suyo en el sofá, el modo en que había deseado que la tocara. Cómo, al deslizar las manos entre sus muslos, ella había separado las piernas ávidamente.

—¿Por qué? —murmuró Andreas—. ¿No soportas oír

la verdad? Pensaba que los DePiero erais más duros. Olvidas que esa noche te mostraste tal y como eres.

Siena desvió la mirada. Lo cierto era que no había excusa alguna para su reprobable comportamiento. Le había suplicado a Andreas que le hiciera el amor. Lo había besado con pasión. Y cuando él le había bajado el vestido, había suspirado de exquisito placer.

El coche se detuvo ante un semáforo en rojo y Siena sintió una apremiante urgencia de escapar. A punto de saltar del coche, la mano de Andreas la sujetó a la velocidad del rayo y la sensación del musculoso brazo apoyado sobre su estómago fue más efectiva que si hubiera cerrado las puertas. Sentía los pechos inflamados y los pezones erectos.

El coche arrancó de nuevo y ella se soltó. El breve contacto físico había bastado para transportarla al pasado y tuvo que hacer acopio de todas sus fuerzas para controlarse.

Andreas detuvo el coche frente a un edificio, discretamente elegante, en una amplia y tranquila calle. Antes de que ella se diera cuenta, saltó del coche y le abrió la puerta, tendiéndole una mano.

—Yo no vivo aquí —Siena lo miró. Aquel lugar estaba muy lejos de ser su residencia.

—Lo sé. Aquí vivo yo y, dado que pasábamos por aquí, pensé que podríamos subir y tomarnos un café para ponernos al día.

—No pienso bajarme de este coche, Xenakis —Siena se cruzó de brazos y miró al frente con expresión imperturbable—. Llévame a casa.

—Primero era imposible hacerte entrar, y ahora no hay forma de hacerte salir —observó él en tono divertido—. Las mujeres sois muy volubles.

Andreas se agachó sobre ella y alargó una mano hacia el cinturón de seguridad. Siena le golpeó las manos antes de detenerse, dejándolas apoyadas sobre las suyas. Sentía el masculino rostro peligrosamente cerca y respiró con dificultad. El aroma que le llegaba era el que recordaba tan bien. No había cambiado. Almizclado y muy varonil.

–¿Señor Xenakis? –se oyó una voz a sus espaldas–. ¿Desea que le aparque el coche?

–Sí, por favor, Tom –contestó Andreas sin apartar los ojos de Siena–, pero déjalo cerca. Llevaré a la señorita DePiero a su casa dentro de un rato.

–Sí, señor.

Siena vio al aparcacoches que esperaba junto al coche y su impecable educación, junto con la obsesión, innata en ella, de evitar una escena, le hizo finalmente claudicar.

–Está bien. Un café.

Andreas se irguió y Siena no tuvo otra elección que aceptar la mano tendida para salir del coche. Para mortificación suya, él no la soltó ni siquiera para entregarle las llaves al chico o para conducirla al interior del edificio donde fueron saludados por el conserje.

Una vez dentro del ascensor, ella intentó soltarse, pero Andreas estaba en pleno proceso de escrutinio de la palma. Al seguir la mirada de Andreas, no pudo evitar dar un respingo. Su mano mostraba una piel áspera, enrojecida y encallecida. Fiel reflejo de su nueva vida.

Pero el respingo fue aún mayor cuando Andreas le dio la vuelta a la mano y se detuvo en las uñas mordidas, un hábito recuperado de la adolescencia que había remitido de inmediato tras un severo castigo impuesto por su padre a su hermana, Serena.

Esas manos estaban muy lejos de los ejemplares suaves y de perfecta manicura que habían sido tiempo atrás. Ejerciendo una mayor presión, al fin consiguió soltarse.

–No me toques.

–¿Cómo se te han puesto así de servir copas? –preguntó Andreas.

–No solo trabajo de camarera –Siena luchó contra una inquietante sensación de vulnerabilidad–. También limpio habitaciones en un hotel durante el día.

Andreas contempló su rostro y le acarició las pronunciadas ojeras. La vulnerabilidad que sentía Siena se hizo casi insoportable y estuvo a punto de echarse a llorar. Para evitarlo, buscó en su mente alguna frase ingeniosa.

–¿Sintiendo lástima por la pobre niña rica, Andreas?

En ese momento sonó el timbre del ascensor y las puertas se abrieron. Siena y Andreas parecían inmersos en una especie de batalla silenciosa. Andreas la miraba con ojos muy oscuros y fríos y una sonrisa reflejada en el rostro.

–Ni por un segundo, Siena DePiero. Olvidas que te he visto en acción. Una piraña parece más vulnerable que tú.

Siena jamás se habría imaginado que esas palabras pudieran provocarle tal dolor y casi se sintió aliviada cuando él desvió la mirada. Sin soltarle el codo, la condujo por el lujosamente alfombrado pasillo decorado en tonos grises.

La única puerta indicaba que no había vecinos y Siena supuso que se encontraban en el ático. Andreas abrió la puerta y la invitó a entrar.

–No me llames DePiero –balbuceó ella–. Ahora me llamo Mancini.

–Te llamaré como tú quieras –murmuró Andreas.

Siena reprimió una exclamación y le dio la espalda. Con los ojos muy abiertos contempló la estancia en la que se encontraban. Se había criado rodeada de lujo, pero la elegancia de ese apartamento la impresionó.

Todo era moderno y refinado, muy lejos de la sobrecargada decoración de los *palazzos* que había conocido.

—Eres toda una experta a la hora de ponerlo en marcha ¿verdad? —Andreas sacudió la cabeza y sonrió antes de acercarse a un mueble bar.

—¿Poner en marcha el qué?

—Debes hacerlo de manera automática después de tantos años representando el numerito de la inocente y virginal heredera...

Siena respondió con un profundo silencio, pues no sabía qué contestar.

—Me refería a esa expresión de no haber roto un plato —le aclaró él.

—¿Qué quieres que te diga? —odiándole por juzgarla tan mal a pesar de que no podía culparle por ello, Siena se encogió de hombros—. Me ha calado, señor Xenakis.

—Sé que te había ofrecido un café —Andreas llenó dos copas con un líquido oscuro—, pero prueba este delicioso oporto. Y, por favor, llámame Andreas. Xenakis es tan formal...

Siena tomó la copa, contenta de tener algo que sujetar y que le distrajera de los recuerdos.

«Por favor, Andreas, bésame».

—Toma asiento, por favor —Andreas señaló un cómodo sofá y unos sillones dispuestos en torno a una mesita de café repleta de fotos.

Siena se debatía entre el deseo de que la llevara a su casa y el de acurrucarse en el sillón más próximo para poder dormir durante una semana.

Aturdida, optó finalmente por sentarse. Andreas hizo lo propio en el sofá, estirando las piernas hasta dejarlas peligrosamente cerca de sus pies.

—¿Aún tienes miedo de que te contagie alguna enfermedad venérea, Siena?

Capítulo 2

NO DIGAS tonterías –contestó Siena, humillada de nuevo ante el recuerdo de las mentiras vertidas para proteger a su hermana.

Al pensar en cómo había deseado a ese hombre aquella noche en París, y lo mal que había salido todo, sintió náuseas. Andreas la odiaba, se percibía en el aire.

–Cuéntame ¿por qué te marchaste de Italia? –preguntó él.

Siena celebró el giro en la conversación y lo miró perpleja. ¿Acaso no era evidente? Recordó las odiosas acusaciones vertidas contra su padre tras la ruina, revelando que llevaba años arrastrando grandes deudas y que todas sus posesiones, incluyendo el precioso *palazzo* de Florencia, pertenecían a los bancos.

–Como bien te habrás imaginado –comenzó ella–, el valor de mi hermana y mío cayó en picado cuando se supo que habíamos perdido nuestra fortuna.

–Debo admitir que estaba al corriente –Andreas entornó los ojos–. Sabía que tu padre llevaba años frecuentando prostitutas, y también su implicación en drogas y corrupción política. Pero saber que se dedicaba a la trata de blancas debió haber sido un duro golpe para vosotras. A nadie le gusta verse asociado a un escándalo de tal magnitud.

La humillación que sentía Siena era casi insoportable. Su padre había frecuentado prostitutas mientras aún seguía casado con su madre porque lo excitaba. Incluso había tenido un hijo con una de ellas. Había creído no poder odiar más a su padre, pero, tras su huida para evitar los cargos contra él, comprobó que su capacidad de odio no tenía límites. Nadie conocía su paradero, y Siena no tenía ningún deseo de volver a verlo nunca más.

La idea de todas aquellas pobres e indefensas mujeres vendidas a una vida de tortura y degradación era insoportable. Sintió el amargor de la bilis ascender por su garganta.

—Los pecados de tu padre no son los tuyos —Andreas interpretó el gesto de la joven.

—Puede que no —ella se sorprendió ante la rotunda afirmación—, pero nadie lo ve así.

—¿Os lo hizo pasar mal la prensa italiana? —preguntó él—. Cuando estalló el escándalo yo estaba de viaje. Para cuando regresé a Europa, tu padre ya había desaparecido.

Siena recordó algunos titulares de prensa: «¿Quién va a querer casarse ahora con las pobres niñas ricas?». O también: «Serena DePiero pillada in fraganti escasos días después de la desaparición de su padre». Ese había sido el momento en que había comprendido que debían abandonar Italia. Serena se había descontrolado peligrosamente.

No había esperado ninguna clemencia de la prensa. Les encantaba despedazar a los intocables de la alta sociedad y, gracias a la desmesura de su padre, los DePiero se lo habían ganado a pulso.

—Sí, podría decirse que nos lo hicieron pasar mal.

A Andreas le sorprendió la ausencia de emoción en la voz de Siena. No le costó imaginarse el festín que debía haberse dado la prensa con las dos princesitas rubias de ojos azules caídas en desgracia.

De nuevo se maravilló ante la belleza de la joven. No llevaba maquillaje y, aun así, su piel relucía como si fuera de perla. En su mundo de excesos y artificios, Siena era una rara excepción.

Inconscientemente había evitado a toda mujer rubia durante los últimos cinco años, buscando todo lo contrario a lo que era ella con la falsa excusa de que ya no le gustaban las rubias. Mentira. Lo que sucedía era que solo deseaba a una rubia. A ella.

Las mujeres no solían despertar en él una reacción tan carnal y, sin embargo, Siena lo había hecho nada más posar su mirada en ella. Con los ojos brillantes, alzó la copa.

—Brindo por lo que nos depare el futuro.

Siena tuvo la inquietante sensación de que el futuro que se imaginaba Andreas tenía algo que ver con ella. Ignoró descaradamente el brindis y apuró la copa de un trago.

—Un oporto de 1977 debería ser saboreado con más delicadeza —observó él.

Siena palideció al imaginarse cuánto habría costado la botella. Su padre se consideraba un experto en vinos y algo había aprendido de él.

Pensar en su padre le hizo pensar también en su hermana.

—Debo irme —exclamó poniéndose de pie—. Mañana tengo que madrugar.

Andreas también se levantó, con la suavidad de una pantera, con todos los músculos en tensión, claramente visibles bajo el traje.

—De acuerdo —asintió él con inocencia a pesar de la electricidad que flotaba en el aire. Después descolgó el teléfono—. Voy a salir. Que me lleven el coche a la puerta. Gracias.

Alargó un brazo para cederle el paso y, para mayor

vergüenza de Siena, el sentimiento predominante en ella no fue de alivio. Estaba confusa. Había esperado más resistencia por parte de Andreas, y aun así se alegraba de que la dejara marchar con tanta facilidad. Quizás solo había querido divertirse con ella y ya estaba aburrido.

Entonces ¿a qué venía esa sensación de desolación?

Andreas entró en el ascensor detrás de Siena. Le haría creer que la dejaba marchar, aunque nada más lejos de su intención. Verla de nuevo no había hecho más que consolidar su deseo de llevársela a la cama. Por fin. Complaciente y suya. En su relación no habría lugar para el desdén que tan bien manejaba contra él. Siena ya no estaba en posición de discutir o resistirse. Verla desmoronarse resultaría de lo más excitante.

Un joven guarda de seguridad salió del coche parado junto a la acera. Andreas aceptó las llaves de su mano y abrió la puerta del acompañante para que Siena se acomodara.

Ella se quedó rígida junto al vehículo y miró a Andreas, evitando sus ojos. Seguía temblando por el contacto de la mano sobre su espalda durante todo el trayecto en ascensor. Y también por la velocidad con la que, aparentemente, deseaba librarse de ella.

–Si me indicas dónde se encuentra el suburbano más cercano, me iré a casa.

–Son casi las once y media de la noche –contestó Andreas con voz acerada–. No vas a irte sola en metro. Métete en el coche, Siena, o te meto yo. Soy muy capaz de ello.

Siena percibió la seriedad de su afirmación y sintió un escalofrío ante la envergadura de ese hombre. Aun así no le tuvo miedo, no del modo en que se lo había tenido a su padre. Instintivamente supo que Andreas no se comportaría del mismo modo. La violencia contra las mujeres surgía de la debilidad y el miedo, y él no sufría de ninguna de las dos cosas.

Consciente de que si se marchaba, él la seguiría, Siena claudicó y entró en el coche dejándose envolver por la lujosa calidez del habitáculo hasta que Andreas se sentó al volante y el aire se volvió irrespirable.

–¿Tu hermana también se ha trasladado a Londres contigo? –preguntó él tras arrancar.

–No –Siena se puso visiblemente tensa–. Ella se fue al sur de Francia con unos amigos.

Andreas la miró de reojo. Siena no había seguido la afición de su hermana por aparecer en la prensa. Prefería limpiar baños antes que exponerse al ridículo o la censura.

Con cierta reticencia y sorprendente respeto, tuvo que admitir que la joven estaba haciendo la clase de trabajo que jamás habría considerado hacer en su vida. Quizás ya no se sentía tan responsable del bonito apellido y se alegraba de haberse desligado de su hermana, una conocida amante de la vida loca.

En realidad, a Andreas no le preocupaba lo más mínimo Serena. La hermana que le interesaba estaba sentada a su lado, las largas piernas apartadas al máximo de él. Permitiéndose una sonrisa depredadora, pensó en el momento en que esas piernas le abrazarían la cintura mientras exorcizaba sus demonios de una vez por todas.

No se detuvo en el hecho de que llevaba seis meses buscándola. En realidad no había dejado de pensar en ella desde París.

Para alivio de Siena, Andreas parecía haber terminado con las preguntas y prosiguieron en silencio por las vacías calles de Londres. La lluvia empezó a estrellarse suavemente contra el parabrisas del coche y, por primera vez tras abandonar Italia, ella sintió una punzada de nostalgia que le pilló por sorpresa. Había abandonado Italia dispuesta a no regresar jamás.

Había pasado muchas noches mirando por la ventana y soñando con otra vida, una sin restricciones, dolor ni tensión. Sin la presión de tener que actuar de determinada manera. Había soñado con una vida llena de amor y afecto, pero el único afecto que había conocido era el de su hermana, su pobre y maltrecha hermana, pues su madre había fallecido siendo ellas unas niñas.

Cerca ya de su casa, dirigió a Andreas por un laberinto de callejuelas. El coche se detuvo y él contempló incrédulo un edificio solitario en medio de un descampado.

–¿Aquí es donde vives?

–Está cerca del suburbano y la parada del autobús –contestó ella a la defensiva.

Andreas se soltó el cinturón de seguridad y, sacudiendo la cabeza, salió del coche. Sujetando un paraguas en alto, se acercó a la puerta del acompañante y la abrió.

–Escucha, gracias por traerme, pero... –Siena bajó del coche, acalorada.

Dándose media vuelta se dirigió hacia el edificio de apartamentos, pero se paró en seco al sentir la presencia de Andreas a su lado.

–¿Adónde crees que vas?

–Te acompaño a tu apartamento –contestó él muy serio–. No dejaré que entres ahí tú sola.

–Llevo meses viviendo aquí sola y no me ha pasado nada –Siena sintió una punzada de orgullo–. Te aseguro que...

Pero Andreas no escuchaba. Sujetándola por el codo,

atravesaron el descampado plagado de basura. Irritada, Siena pensó que eso sería justo lo que hubiera hecho su padre.

–No hace falta que continúes... –una vez dentro del edificio, ella se soltó.

Sin embargo, Andreas cerró lentamente el paraguas. Entre las sombras del portal divisó a un muchacho y le hizo un gesto para que se acercara. Entregándole el paraguas y un billete, le dio instrucciones para que vigilara el coche y guardara el paraguas.

El chico asintió entusiasta antes de dirigirse al puesto de vigilancia junto al coche.

A Siena no le gustó la sensación de calidez que se instaló en su estómago ante el gesto de Andreas e intentó remediar lo irremediable.

–Estaré fuera de juego para cuando te hayas marchado.

–Mujer de poca fe –murmuró Andreas mientras pulsaba el botón del ascensor.

–Ya sé que suena a tópico, pero el ascensor no funciona y vivo en el piso catorce –le aclaró Siena, no sin cierta satisfacción, al percibir la creciente impaciencia en Andreas cuando el ascensor no se materializó al instante.

–Tú guías –asintió él con decisión.

Cuando al fin llegaron a la puerta de su apartamento, Siena se volvió hacia Andreas con el rostro enrojecido, sudorosa y sin respiración.

–Gracias. Ya hemos llegado.

Andreas apenas tenía un cabello descolocado y nadie diría que acababa de subir catorce pisos a pie. No obstante se había aflojado la corbata y desabrochado el botón del cuello de la camisa, revelando un torso de piel olivácea salpicado de oscuro vello.

Siena recordó la impaciencia con la que le había de-

sabrochado esos botones y arrancado la corbata en París.

Andreas contempló el pasillo desierto. Alguien gritó
en un apartamento cercano.

—Vamos adentro —ordenó él mientras le quitaba las
llaves de la mano.

Lo estaba haciendo de nuevo, tomando el mando,
castigándola al obligarla a mostrarle una casa descui-
dada y mugrienta. Había intentado eliminar las manchas
de la alfombra, pero sin ningún éxito. Tan solo esperaba
que no fueran lo que se temía que eran...

—Ya me has dejado sana y salva en mi casa —en cuanto
encendió la pequeña lámpara lamentó haberlo hecho. La
luz era de un seductor y cálido tono rosado. Sintiéndose
amenazada, extendió una mano para recuperar las llaves—. Ahora, por favor, márchate.

—Esto debe resultarte muy difícil —Andreas se limitó
a mirar a su alrededor con total calma.

Siena se puso rígida y dejó caer los brazos a los la-
dos del cuerpo. Ese hombre no tenía ni idea de lo fácil
que le había resultado. Dejar atrás el artificioso mundo
de opulencia y excesos había supuesto un alivio que nadie entendería.

—Tengo que levantarme temprano para ir a trabajar
—ella volvió a extender la mano.

Pero Andreas no se movió. Se limitó a contemplarla
con sus oscuros e impenetrables ojos.

—Por favor —suplicó ella a la desesperada.

—¿Y qué pasaría si no tuvieras que madrugar?

—¿A qué te refieres? —Siena parpadeó perpleja—. En-
tro a trabajar a las seis y media.

El rostro de Andreas era tan hermoso que se sintió
hipnotizada. Tanto como lo había estado frente a él en
esa tienda del hotel, con ese vestido. El mismo vestido

que había arrojado a la basura aquella misma noche, incapaz de mirarlo sin sentirse asqueada.

—Me refiero a que hay otra opción, Siena —aclaró él—. Te estoy proponiendo una alternativa.

Ella precisó de un segundo antes de que las palabras de Andreas calaran en su mente. Desde su llegada a Inglaterra, otros hombres le habían hecho la misma propuesta.

—Si estás sugiriendo lo que creo —contestó ella con una profunda sensación de vergüenza y asco que impregnó su voz de todo el desdén de que fue capaz—, es evidente que te niegas a reconocer que lo único que quiero es que me dejes en paz.

Andreas dio un paso al frente y ella sintió pánico. Se sentía extremadamente vulnerable. Su antigua vida había desaparecido. Había representado un papel, pero en esos momentos se encontraba indefensa y el hombre que más la odiaba en el mundo acababa de hacerle una proposición. Pero lo peor fue que no le disgustó tanto como debería haberlo hecho.

—Tu expresión finge repulsa, pero tu cuerpo dice lo contrario —él alargó una mano y le acarició una mejilla deslizando el dedo hasta el cuello—. En cuanto a París, tú tuviste tanta culpa como yo. Jamás había visto a nadie tan caliente y ansiosa. Aun así, no dudaste en echarme toda la culpa para mantener tu imagen intacta ante los ojos de tu padre. Que Dios no permitiera a la intocable heredera revolcarse con un simple empleado de hotel.

—Sal de aquí ahora mismo, Xenakis —exclamó Siena—. Es inútil resucitar el pasado.

—Ni siquiera eres capaz de pronunciar la más simple de las disculpas ¿verdad? —toda la ira de Andreas quedó reflejada en sus palabras—. Ni siquiera en estos momentos en que te encuentras sin un céntimo, sin una reputación que salvaguardar.

–Lo... lo siento –balbuceó Siena al fin.

–Ahórrame tus falsas disculpas –espetó él–. Te la he tenido que arrancar de la boca.

Andreas se mesó los cabellos con una expresión de asco en el rostro que Siena recordó haber visto a la mañana siguiente cuando, horrorizada, había descubierto el ojo morado y la mandíbula hinchada, sin duda obra de los hombres de su padre. En aquel momento había intentado disculparse, pero, comprensiblemente, él no se lo había permitido.

Impulsada por la necesidad de asegurarle que su disculpa era sincera, alargó una mano hasta tocar la manga de la camisa, pero dejó caer el brazo al percibir la mirada cargada de desconfianza que él le dirigió.

–Jamás tuve intención de mentir sobre lo sucedido –Siena tragó saliva y le contó la verdad–. Ni de que perdieras tu empleo.

–No, claro –Andreas sonrió con amargura–, seguramente no. Te habrías divertido conmigo sobre el diván de esa tienda y luego habrías seguido tu camino tras grabar otra muesca en el cabecero de tu cama. Olvidas que sé como sois las de tu clase: avariciosas, caprichosas y voraces. Sin embargo, no contaste con que papá te descubriera y te aseguraste de que no sospechara que su preciosa hija era capaz de tan bajas pasiones. Era mucho más sencillo acusar al pobre empleado griego del hotel.

Siena palideció. Era exactamente lo que había sucedido, pero no lo había hecho por salvarse ella sino por su hermana. Eso era algo que ni siquiera se imaginaba explicándole a ese hombre vengativo e intransigente.

–Sin embargo, tienes razón –Andreas agitó una mano en el aire–. No tiene sentido resucitar el pasado.

Los ojos azul oscuro se fijaron de nuevo en Siena y emitieron un destello de algo sospechosamente parecido a la determinación.

–¿De verdad eres tan orgullosa como para sentirte a gusto viviendo así? –preguntó en tono zalamero–. ¿No echas de menos dormir hasta el mediodía y no tener ninguna preocupación en la vida salvo la de recordar la hora de tu cita en el salón de belleza o decidir qué vestido te pondrás esta noche? –continuó sin piedad–. ¿Pretendes que me crea que no querrías volver a vivir así si pudieras?

Siena se sentía mal. El temor a que ese hombre pudiera atravesar la barrera que le protegía de su vulnerabilidad le arrancaba un sudor frío. Él la creía capaz de manipularlo cuando lo cierto era que no poseía siquiera el más mínimo recurso para hacerlo.

–Preferiría fregar tus cuartos de baño antes que aceptar lo que sugieres –Siena sacudió altiva la cabeza y lo fulminó con la mirada–. A lo mejor te he parecido lo suficientemente desesperada como para acceder a convertirme en tu amante. ¿Me equivoco, Xenakis?

–Creí haberte dicho que me llamaras Andreas –él sonrió–, y sí, pensé que aceptarías porque echas de menos tu vida de lujos. Pero, sobre todo, porque, a pesar de todo, me deseas...

Siena se quedó helada. Era cierto, pero ese hombre no tenía ni idea de quién era ella en realidad ni por qué le había tenido que traicionar de una manera tan horrible. Ese hombre solo veía a una heredera caprichosa y arruinada, y la manera de humillarla. Porque ella lo había rechazado. Andreas no tenía ni idea de a quién había estado protegiendo.

Si le daba la oportunidad, la humillaría por pura diversión. Por venganza.

–Al contrario de lo que sugiere tu desmesurada confianza en tu atractivo –Siena habló en el tono más cortante que pudo producir–, yo no te deseo. Puede que esté desesperada, señor Xenakis, pero sigo conservando mi orgullo y no me convertiría en tu amante aunque fueras el último hombre sobre la faz de la Tierra.

Andreas contempló a la joven y sintió el impulso de aplaudir. Aún con la ropa arrugada y manchada y los cabellos revueltos, se comportaba como una reina reprendiendo a un súbdito. Y la deseó con unas ansias que bordeaban la desesperación.

–No tengo por costumbre hacer proposiciones a mujeres que no me desean, Siena –rugió.

–Pues yo no te deseo –repitió ella con cierta ansiedad.

–Mentirosa.

Siena percibió el peligro en la mirada de Andreas que dio un paso hacia ella. Aterrada, reculó. El miedo le impedía proferir palabra alguna y le aterraba la traicionera reacción de su propio cuerpo. Si ese hombre la besaba...

–Una vez más te muestras demasiado orgullosa como para admitir la verdad, Siena DePiero, y ahora mismo voy a tener que demostrarte lo mucho que me deseas.

La facilidad con la que Andreas era capaz de tomarla en brazos y atraerla hacia sí resultaba insultante. Ese hombre era demasiado peligroso para ella. Y cuando la apretó con más fuerza aún y agachó la cabeza, se protegió con un reflejo visceral. Tensó los brazos y alzó una mano para intentar impedir el contacto con la boca de Andreas. Pero, al parecer, él no comprendió la indirecta, pues le agarró la muñeca y la sujetó con fuerza.

–Ni se te ocurra.

–Pero si yo no... –protestó ella.

–¿De verdad? –preguntó él con gesto serio.

–Jamás te habría golpeado –susurró mirándolo a los ojos.

–Ni tendrás la oportunidad de hacerlo, jamás –contestó él en tono amenazante.

Sujetándola por la cintura, le soltó la muñeca y con la mano libre le tomó el rostro con sorprendente ternura. Y antes de que ella pudiera reaccionar, inclinó la cabeza y la besó.

Espantada ante la sensual atracción que sentía, Siena se rindió. Los labios de Andreas se movieron sobre los suyos con una confianza embriagadora, provocando una respuesta inmediata en ella, una respuesta que ni siquiera era consciente de estarle dando.

Ningún otro hombre la había besado así y de nuevo provocó un devastador incendio en su interior. Nada había cambiado. Los brazos que la sujetaban eran como una jaula de acero, una jaula de la que era patéticamente reacia a escapar.

Se ahogó en el almizclado aroma masculino, apenas consciente de las caricias de la mano de Andreas en su rostro, de los botones de la camisa que le desabrochaba.

La lengua se deslizó por sus labios hasta que ella le permitió el acceso.

Sin darse cuenta, las manos que antes habían estado cerradas en apretados puños, se abrieron. De puntillas, se acercó más a él. Andreas le sujetó la nuca con la mano ahuecada y hundió los dedos en los rubios cabellos mientras la otra mano le sujetaba la cadera.

Fue en ese instante cuando ella pareció regresar a la realidad y dio un paso atrás.

Poco a poco comprendió lo sucedido. Si le permitía una caricia más se convertiría en esclava de sus sentidos, incapaz de cualquier razonamiento lógico.

Apoyó las manos contra el pecho de Andreas y empujó con todas sus fuerzas.

Por su mente pasaban muchas cosas, pero, sobre todo la certeza de haberse humillado. Le había dicho que no lo deseaba, y ¿qué había hecho? demostrarle todo lo contrario.

—Me gustaría que te marcharas ahora mismo —exigió con voz ronca.

Capítulo 3

ANDREAS sintió una opresión en el pecho. No era la reacción que había esperado de ella. Esa mujer era una actriz consumada. Lo llevaba en la sangre.

–Esta vez no tienes público, Siena –observó con brusquedad–. Vas a tener que responsabilizarte de tus acciones.

Andreas dio un paso al frente, pero se detuvo cuando ella alzó la cabeza y lo miró con determinación. Y algo se endureció en su interior. Por un instante había estado a punto de caer en la trampa y creer que podía ser vulnerable.

–Aún me deseas, Siena. Podrás negarlo, pero sabes que es mentira –continuó, haciendo un esfuerzo por comportarse civilizadamente–. No pienso marcharme de aquí sin ti. Pagarás por lo que me hiciste. Y lo harás en mi cama.

Siena abrió la boca, pero la cerró de inmediato, espantada. No le cabía duda de que Andreas estaba dispuesto a llevar a cabo su amenaza e intentó no imaginarse la escena. ¿Cómo negar que lo deseaba tras su demostración de descontrol? Le asustaba la seguridad de Andreas en que ella haría lo que le ordenaba. Tras la desaparición de su padre había disfrutado de la libertad por primera vez y le aterrorizaba la idea de que alguien volviera a dictarle cada uno de sus movimientos.

–¿En serio crees que me marcharé de aquí contigo así sin más? ¿Tan arrogante eres?

–Pagué un elevado precio por tu petulante necesidad de salvar la cara frente a tu padre aquella noche, Siena –los ojos de Andreas se oscurecieron–. Fui vetado en todos los hoteles de Europa y me colgaron el cartel de haber violentado a una mujer. Arruinada mi carrera, tuve que emigrar a los Estados Unidos de América para empezar de nuevo.

–¿Y qué? –espetó Siena–. ¿Pretendes que te compense convirtiéndome en tu amante?

–Eso y mucho más, Siena –él sonrió–. Me pagarás admitiendo lo mucho que me deseas.

«Lleva buscándote seis meses. No se marchará así sin más», pensó ella asaltada por una repentina sensación de pánico junto con algo humillantemente excitante.

–¿Y? –ella soltó una carcajada–. ¿Vas a encerrarme en tu ático y sacarme solo cuando te apetezca jugar? –a pesar de su intención, su voz la delató dando la falsa sensación de que lo estaba considerando.

–No puedo negar el atractivo de esa imagen, pero, no. No me importa que nos vean en público. Yo no tengo ningún problema con la prensa, a diferencia de otros...

–¿Y después, qué? –preguntó Siena apenas capaz de contener su histeria–. ¿Me volverás a dejar aquí cuando hayas terminado?

–Yo me ocupo de todas mis... amantes –él se encogió de hombros–. Suelen ser autosuficientes y, con tu dominio de los idiomas, no te costará encontrar un trabajo decente, desde luego mejor que el que tienes ahora.

–Esto sí que es histórico –ella soltó otra carcajada–. Tú ayudándome a encontrar trabajo.

Siena ocultaba que no poseía ninguna cualificación.

Desde luego era capaz de hablar varios idiomas con fluidez y podía organizar una fiesta para más de cincuenta personas. Sabía decorar con flores y comportarse ante la realeza y los diplomáticos, llevar una conversación sobre política o historia del arte, pero del mundo real, no sabía nada.

Rezando para que no volviera a tocarla, se encaminó sobre sus piernas temblorosas hasta la puerta y la abrió. Aliviada, comprobó que Andreas la había seguido, pero el alivio duró poco pues él empujó la puerta con firmeza para cerrarla de nuevo.

—Te estoy ofreciendo una oportunidad, Siena —insistió él—, una posibilidad de construirte de nuevo una vida.

—Los dos sabemos que no se trata de ningún ofrecimiento —Siena se cruzó de brazos y lo miró—. No llevas seis meses buscándome para luego marcharte sin más.

—Eso es cierto —él sonrió—. Pero no te supondría ningún esfuerzo, Siena. Yo me encargaré de que disfrutes.

—¿Y todo eso durará hasta que te hayas aburrido?

—Es todo lo que te ofrezco —la expresión en el rostro de Andreas indicó que Siena había dado en el clavo—. Un tiempo limitado como mi amante hasta que ambos estemos preparados para seguir adelante. No tengo interés en nada permanente, y menos contigo.

Siena apenas registró el insulto y de nuevo abrió la puerta. Y de nuevo Andreas la cerró.

—Mira, Xenakis...

—¡No!

El grito de Andreas la dejó sin respiración. Y cuando acercó el rostro, sombrío y feroz, sintió martillear dolorosamente el corazón.

—No, mira tú. Solo hay un final posible: accedes a venir conmigo. Si deseas otra demostración de lo susceptible que eres ante mí, me encantará proporcionártela –él se interrumpió y miró a su alrededor con evidente asco–, pero personalmente preferiría hacerte el amor por primera vez en un lugar más lujoso.

La seguridad de que la haría suya allí mismo si así lo deseaba hizo que Siena diera un paso atrás. Le parecía tener una soga apretándole el cuello.

Andreas contuvo la urgencia casi animal de echársela sobre el hombro y llevársela de aquel patético lugar. En cuanto la hubo besado había comprendido que no podía dejarla allí. No soportaba verla en ese lugar. Era como arrojar un diamante a una charca inmunda.

–No tienes a quién recurrir, Siena. Si esperas que algún príncipe azul venga a rescatarte sobre su caballo blanco y te perdone por los pecados de tu padre, no sucederá. Y no olvides que yo conozco tus pecados.

Siena lo miró con espanto. Las palabras de Andreas habían calado más hondo de lo que le gustaba admitir. Ese hombre tenía razón. No tenía a quién acudir. Serena y ella tenían un hermanastro, pero, tras el trato recibido por parte de su padre y el modo en que ellas lo habían ignorado aquel día cuando lo habían visto tirado en la acera, no le cabía duda de que no haría nada por ellas. Ese joven se había convertido en un multimillonario hombre de negocios y seguramente las odiaba tanto como a su padre.

Su hermana tampoco sería de ayuda. Nunca lo había sido, a pesar de tener dos años más que ella. Y eso le recordó que Serena sí dependía de ella. ¿Cómo había podido olvidarse de Serena siquiera un segundo?

La respuesta era insultantemente sencilla y estaba de pie a escasos metros. Una sensación de inevitabilidad la inundó. El encuentro con Andreas no había sido casual. La había estado buscando y, tras encontrarla, no iba a dejarla en paz. No tenía adónde ir.

Como si interpretara sus pensamientos, los ojos de Andreas emitieron un destello triunfal.

De repente, como inyectada con una dosis de adrenalina, la mente de Siena se despejó. Si iba a marcharse de su apartamento con ese hombre, se aseguraría de que la única persona que dependía de ella se beneficiara de la situación.

La idea de hablarle a Andreas de su hermana era un anatema. Acababa de comprobar hasta dónde llegaban las ansias de venganza de ese hombre. Si le hablaba de Serena, seguramente lo utilizaría contra ella, igual que su padre. La idea le hizo estremecerse.

Sin embargo, era consciente de que el audaz plan que estaba formándose en su cabeza le aseguraría el odio eterno de Andreas.

La sangre de Andreas vibraba de expectación mientras observaba a la mujer frente a él, la barbilla alzada desafiante, aunque ambos sabían que acabaría por ceder. Sería suya. El pequeño acto de rebeldía no había hecho más que demostrarle que sería el último hombre al que elegiría, a pesar de lo desesperada de su situación.

Pero lo único que le importaba era apagar la hoguera que lo quemaba por dentro. Ver a Siena tragarse su orgullo y negar la evidente atracción mutua iba a ser una deliciosa venganza, lo mínimo que se merecía después de lo que había sufrido por su culpa.

−¿Y bien, Siena? ¿Qué has decidido?

Siena no soportaba tanta arrogancia y apenas podía creerse que estuviera considerando lo que estaba a punto de hacer.

En cierto modo no le resultaría difícil, simplemente volvería a representar el papel que tan bien conocía, el de la heredera sin nada más que hacer que elegir el vestido que se iba a poner. Nadie, salvo Serena, sabía lo mucho que odiaba ese papel, ese mundo vacío en el que la gente se apuñalaba por la espalda, en el que ninguna reacción era sincera.

–Te acompañaré, ahora mismo si lo deseas –balbuceó al fin mientras observaba la pequeña sonrisa triunfal que curvaba los labios de Andreas–. Pero tengo ciertas condiciones para esta... relación –le costaba encontrar las palabras.

–¿Relación? –él arqueó una ceja–. ¿Convertirnos en amantes? ¿Pareja?

Siena se sonrojó. A pesar de haberla dicho en tono sarcástico, La palabra «pareja», le llegó al alma. Jamás serían pareja.

–Sí –luchando contra la agitación que sentía, buscó una silla–. Tengo mis condiciones.

Andreas cruzó los brazos sobre el pecho. Parecía casi divertido. Era evidente que solo la quería para una cosa y ella se aprovecharía de su deseo.

–Quiero dinero –declaró con firmeza.

Siena no pudo evitar un respingo ante sus propias palabras. La habían criado como la reina de la diplomacia y, sin embargo, con ese hombre apenas era capaz de hilar dos frases juntas. Aunque su vida dependiera de ello, con él no podía fingir.

Una extraña sensación se instaló en el estómago de Andreas al asimilar las palabras de Siena. Debería habérselo imaginado. Una mujer como ella jamás lo haría gratis. Esperaba de él que pagara generosamente por el privilegio de llevársela a la cama, del mismo modo que había pagado por la primera vez que la había tocado.

–Jamás he pagado por acostarme con una mujer –sentenció con evidente asco.

Siena palideció y Andreas tuvo que reprimir el impulso de soltar un bufido. ¿Cómo podía parecer tan vulnerable cuando estaba ahí de pie pidiéndole dinero por ser su amante? Las bonitas mejillas se incendiaron y él sintió cierto consuelo al adivinar su lucha.

–Son mis condiciones –insistió ella–. Quiero una cierta cantidad de dinero. De lo contrario, no iré a ninguna parte. Y si te acercas a mí, me pondré a gritar como una loca.

–¿Para atraer a tus vecinos? –él sonrió–. No vi que nadie se asomara al pasillo cuando esos de ahí estaban gritando. Pero ¿exactamente de cuánto dinero estamos hablando?

Siena tragó saliva y se humedeció los labios llamando con ello la atención de Andreas hacia las rosadas y jugosas protuberancias. Maldita fuera esa mujer. La deseaba y estaba dispuesto a pagar casi cualquier precio por ella.

Siena se sentía asqueada, pero había llegado demasiado lejos para echarse atrás. Sabía que Andreas iba a despreciarla por aquello, pero mientras la deseara todo iría bien.

Nombró una cifra, precisamente la cantidad de dinero que necesitaba para asegurar los cuidados de Serena durante un año. Si iba a hacerlo, por lo menos que mereciera la pena. Un año de terapia y rehabilitación bastaría para asegurar la recuperación de su hermana.

Andreas soltó un pequeño silbido y su mirada se endureció. De nuevo dio un paso hacia ella y Siena tuvo que esforzarse por no recular. Curiosamente, tras haber mostrado sus cartas, sentía que se había librado de una pesada carga.

–Tienes un caché muy elevado.

–¿Y qué? –Siena sentía arder las mejillas de vergüenza, pero se mantuvo firme.

–Por esa cantidad, creo que tengo derecho a probar la mercancía antes de tomar una decisión ¿no crees?

Siena se revolvió indignada ante las palabras de Andreas a pesar de reconocer que sería una hipócrita si le recriminara por ellas.

Y antes de que pudiera reaccionar, él la tomó por la nuca y la atrajo hacia sí.

–Yo no pago por sexo –rugió él–. Jamás lo he hecho y jamás lo haré. Me parece asqueroso e inmoral. Sobre todo cuando tú lo deseas tanto como yo...

Antes de terminar la frase ya había tomado posesión de los rosados labios. Siena se sentía aturdida y acalorada. Apretada contra él, percibió la magnitud de la excitación masculina.

Los labios de Andreas la obligaron a abrir los suyos y supo que ya no habría vuelta atrás. Las lenguas se encontraron en un seductor y exigente baile. A su pesar, Siena emitió un gemido. Andreas la poseía con sensual maestría y, lejos de molestarle, se apretó más contra él y le rodeó el cuello con los brazos.

Andreas deslizó una mano por el costado de Siena. La joven era plenamente consciente de la anticipación que le hinchaba los pechos y endurecía los pezones.

Pero él no le acarició esos pechos, tal y como ella deseaba que hiciera. Se paró en seco y levantó la cabeza. Siena abrió con esfuerzo los ojos y los fijó en la mirada azul que la censuraba por negar tozudamente su atracción. Respirando entrecortadamente, supo que debía apartarse, pero era incapaz de moverse.

–Por mucho que me cueste admitirlo –Andreas habló con voz ronca teñida de desdén–, quizás merezca la pena pagar la astronómica cifra que pides por acostarme contigo.

Concluyó la frase apartándose de Siena que se sintió tambalear.

–Desde luego has aprendido mucho, DePiero –continuó él–, aunque no sé en qué camas habrá sido. ¿Fueron tus anteriores amantes los que te enseñaron a destilar esa mezcla embriagadora de inocencia y sensualidad que vuelve locos a los hombres?

Ese hombre no tenía ni idea y no podía explicarle que todo había sido real. Siena se juró a sí misma que haría lo que fuera para que él jamás lo supiera.

–¿Y qué te esperabas? –preguntó haciendo un esfuerzo por recuperar la compostura–. ¿Una pobrecita heredera aún virgen? Estamos en el siglo XXI y seguramente ya sabrás que las vírgenes pertenecen al pasado junto con los caballeros andantes y sus caballos blancos.

Andreas se apartó aún más de ella intentando reprimir la tensión que emanaba de su cuerpo. La odiaba, y se odiaba a sí mismo porque sabía que no tendría la fuerza suficiente para marcharse de allí sin ella, para mostrarle otra cosa que no fuera desdén. Tenía que hacerla suya, tenía que cerrar el desagradable episodio de una vez por todas.

Miró a Siena y, para su desconsuelo, su determinación estalló en mil pedazos. Tenía los cabellos revueltos, las mejillas encendidas, los labios hinchados. El pecho ascendía y descendía entrecortadamente y los preciosos ojos azules emitían furiosos destellos.

En ese momento sintió un irrefrenable deseo de tomarla allí mismo, en el mugriento apartamento. Deseó cambiar el gesto desafiante por otro mucho más complaciente. De creer que con una vez bastaría, lo haría, pero sabía que no era así y haciendo acopio de toda su fuerza de voluntad decidió que esa mujer no lo rebajaría hasta ese punto.

Siena recuperaba poco a poco el control con las palabras de Andreas aún resonando en su cabeza: «Yo no pago a las mujeres por sexo. Jamás lo he hecho y jamás lo haré. Es asqueroso e inmoral». Y lo triste era que estaba de acuerdo con cada una de esas palabras.

Al fin consiguió arrancar la mirada de los azules ojos y caminar sobre unas piernas tambaleantes de nuevo hacia la puerta, segura de que Andreas se marcharía para siempre.

–¿Qué estás haciendo? –preguntó él antes de que Siena pudiera abrir la puerta.

–Acabas de decir que nunca has pagado... –ella lo miró perpleja.

–Sí, y lo dije en serio –contestó él con expresión imperturbable.

–¿Entonces...?

–Hay otros medios de pago –Andreas se cruzó de brazos–, y no son tan... descarados.

–¿A qué te refieres? –el traicionero estómago de Siena dio un vuelco al saber que no estaba dispuesto a dejarla.

–Regalos –él sonrió con cinismo–. Muchas mujeres, y hombres, se han beneficiado de la generosidad de sus amantes durante siglos. Cuando nuestra relación haya terminado podrás hacer con ellos lo que quieras, como convertirlos en el dinero que tanto necesitas.

–Regalos –repitió Siena–. ¿Qué clase de regalos?

–De los caros –Andreas encajó la mandíbula–. Joyas, como las que llevabas aquella noche.

Siena se sonrojó al recordar los valiosísimos pendientes y el collar de diamantes que su padre le había regalado para el baile de debutantes en París. Habían pertenecido a su madre, pero las autoridades se lo habían llevado, junto con todo lo demás.

En el fondo se sintió aliviada por no tener que recibir dinero. Las joyas convertían lo que estaba a punto de hacer en algo más decente y se consoló con la idea de que no sería la primera amante a quien Andreas hubiera regalado joyas.

–De acuerdo –asintió al fin–. Aceptaré regalos como medio de pago.

–Por supuesto que lo harás –él sonrió de nuevo.

–¿Y... qué esperas de mí? –Siena se imaginó la escena y sintió pánico.

La sonrisa de Andreas se esfumó y, de repente, su rostro adquirió una expresión de dureza. No parecía un hombre que deseara tan desesperadamente acostarse con ella que estuviera dispuesto a pagar cualquier precio.

–Considerando el precio que has puesto, espero que seas una amante dispuesta, afectuosa e imaginativa. Soy un hombre muy activo sexualmente, Siena, y me enorgullezco de satisfacer a mis amantes, de modo que espero lo mismo a cambio. Sobre todo de ti.

Siena tuvo que hacer un esfuerzo para controlar una risa histérica. ¿Amante imaginativa? Ya tendría suerte si conseguía ocultarle su inocencia. No le costaba mucho imaginarse la reacción de ese hombre si se desvelara su verdad, incluso podría rechazarla por ello. Aunque tentada de soltárselo todo, pensó en su hermana y eso bastó para cerrarle la boca. No había vuelta atrás. Solo podía ir hacia delante y aceptar las consecuencias de las acciones que había desatado cinco años atrás.

–¿Y durante cuánto tiempo me quieres contigo? –preguntó con voz temblorosa.

Andreas se acercó a la puerta y le acarició la mejilla con un dedo, arrancándole un escalofrío. Su mirada azul recorrió el femenino cuerpo antes de posarse en sus ojos.

–Creo que una semana bastará para satisfacer mi deseo de retribución, y el tuyo.

Siena dio un respingo. No le pasó desapercibido el insultante comentario de que una semana bastaría. Debería sentirse aliviada. Una semana resultaría soportable.

–Una semana pues –asintió ella mientras se convencía a sí misma de que siete días no serían más que una gota en el océano de su vida. Podría con ello.

–Me muero de impaciencia de que llegue la semana que viene –Andreas sonrió, aunque la sonrisa no alcanzó a sus ojos–. Por fin podremos dejar el pasado atrás. Para siempre.

–Créeme, el sentimiento es mutuo –le aseguró ella.

–Recoge tus cosas, Siena –tras un momento de tensión, Andreas dio un paso atrás–, y asegúrate de no dejar nada.

–Pero, cuando todo termine, volveré aquí...

–Jamás regresarás a este lugar –le aseguró él con una mirada de desprecio.

Siena abrió la boca para protestar, pero se lo pensó mejor. Era lógico que Andreas pensara que no iba a regresar a ese lugar sabiendo que iba a convertir las joyas que le iba a regalar en dinero. Lo que no sabía era que en una semana estaría tan arruinada como en esos momentos, y no podía permitir que su mente aguda lo dedujera.

Ya se preocuparía por ello cuando llegara el momento, decidió mientras se dirigía al dormitorio en busca de la maleta. Unas pocas horas antes, lo único que había tenido en la cabeza era cómo terminar la velada sin desmoronarse por el agotamiento y la constante preocupación por su hermana. Ya no le quedaba dinero suficiente para su tratamiento.

Pero de repente su vida había quedado patas arriba y había surgido un inesperado benefactor para Serena.

La semana parecía estirarse como una condena en presidio. Sin embargo, Siena sentía una punzada de anticipación. ¿Esperaría Andreas que se acostara con él esa misma noche? La idea hizo que el corazón le diera un vuelco y se le secara la boca. Aún no estaba preparada, ni lo estaría en un millón de años.

Saberse receptora de tan intensa masculinidad resultaba abrumador ante su inexperiencia. Siena descolgó la ropa del perchero. Ni siquiera tenía un armario y casi soltó una carcajada al recordar el dormitorio del que había disfrutado toda su vida con su cama de cuatro postes.

–En realidad, puedes dejarlo todo aquí –Andreas apareció a su espalda–. A no ser que poseas algo con valor sentimental. Yo te proporcionaré un guardarropa nuevo.

A Siena no le cupo la menor duda de que la mayoría de las mujeres que habían pasado por la vida de Andreas se habría sentido más que dispuesta a complacerle y tuvo que desestimar una extraña sensación al pensar en ellas. No eran celos, no podían serlo. Odiaba a ese hombre por lo que le estaba haciendo y en qué se había convertido.

La humillación por lo que iba a permitir que sucediera, y la seguridad de que no tenía ninguna elección, pues era su única posibilidad de ayudar a Serena, le dio fuerzas.

–Dame cinco minutos –exigió.

Capítulo 4

Y QUÉ pasa con mi apartamento?
Siena intentaba no fijarse en las grandes manos de Andreas que manejaban el volante del coche con facilidad y confianza.

Ella no sabía conducir. A su padre no le había parecido necesario. ¿Para qué iba a querer conducir si tenían chófer?

–Le pediré a mi secretaria que lo arregle todo con tu casero. También se ocupará de comunicarle a tu jefe que dejas el trabajo.

Las manos de Siena se crisparon sobre el regazo. En cierto modo era su karma. Ella había hecho que Andreas perdiera su trabajo y él le pagaba con la misma moneda. Con un simple chasquido de los dedos iba a cambiar toda su vida y despojarla de su independencia.

Se preguntó qué habría hecho Andreas si supiera que el dinero no le importaba lo más mínimo. Si supiera que ni siquiera era para ella. Olvidaba que a ese hombre no le importaba nada, al igual que el joven de cinco años atrás. La había deseado únicamente porque había sido un gran golpe seducir a una de las inalcanzables debutantes. La virtud que se les suponía tenía más valor que la más valiosa de las obras de arte.

Salvo que esa virtud era un mito. Siena había sido muy consciente de lo «alcanzable», que había sido la mayoría de sus compañeras debutantes. Todas tenían un aire puro e inocente, pero nada más lejos de la realidad. Recordó cómo una de las chicas, la princesa de un pequeño principado europeo, presumía de haber seducido al botones que había llevado sus maletas a la habitación mientras su madre dormía en el dormitorio contiguo.

Siena no se había sorprendido, porque su hermana le había contado historias mucho más escabrosas, de las que había tomado parte activa en su propia fiesta de debutantes.

Aquella noche había escapado de la vigilancia de su padre e intentado encontrar a Andreas para explicarle por qué había mentido. En una zona reservada al personal se había parado en seco al oír una voz familiar cargada de odio.

—De haber sabido lo odiosa que era, jamás la habría tocado.

—Pero lo has hecho, Xenakis —había contestado fríamente otra persona—. No deberías haberla tocado. ¿No te das cuenta de que no tendrás la menor oportunidad con alguien de su clase? En un par de años estará casada con uno de esos chicos guapos del salón de baile, o con alguna vieja reliquia de la realeza italiana.

—Solo la besé porque me miraba como si yo fuera su última cena —se había defendido él.

—No seas idiota —insistió la otra persona—. Ella te sedujo porque, al igual que todas esas niñatas consentidas, se aburre. Esas chicas no son tan inocentes como parecen.

Siena apenas había respirado. Tras escuchar algunos improperios por parte de Andreas, había huido de allí. Ya no tenía sentido ofrecerle sus disculpas.

«Solo la besé porque me miraba como si yo fuera su última cena», recordó.

A la mañana siguiente había despertado en el lujoso

dormitorio y, tras ponerse unos vaqueros y una camiseta holgada, había bajado al vestíbulo al alba con la cabeza cubierta por una gorra por si se cruzaba con alguien conocido. Le hacía falta aire.

La desagradable conversación que había oído seguía resonando en su cabeza y, absorta en sus pensamientos, se había chocado contra una pared. Solo que no era ninguna pared sino Andreas que se estaba colocando el casco junto a su moto. A la fría luz del día, vestido con una cazadora de cuero y vaqueros, tenía un aspecto peligroso, pero en lo que ella se había fijado era en el ojo morado y la mandíbula hinchada.

–No me mires así, cariño –la había saludado él furioso–. ¿No reconoces la obra de los hombres de tu padre? ¿No te das cuenta de que lo han hecho para vengar tu honor?

Siena comprendió por qué la voz de Andreas le había parecido tan extraña la noche anterior. Debería habérselo figurado. Su padre le había hecho lo mismo, peor aún, a su hermanastro, a su propio hijo.

–Yo... –había balbuceado ella.

–No quiero oírlo –Andreas la había interrumpido–. Por mucho que te odie, ahora mismo me odio aún más a mí mismo por ser lo bastante estúpido como para caer en la trampa. ¿Sabes que he perdido mi trabajo? Tendré suerte si me contratan para limpiar baños.

La mirada asesina había quemado a Siena.

–Me encantaría poder decir que mereció la pena, pero lo único que conseguiría que fuera así, siquiera remotamente, sería que dejaras de fingir esa inocencia y me permitieras tomarte contra la pared de ese cambiador, tal y como me hubiera gustado. De haberlo hecho, tu padre a lo mejor no nos habría encontrado.

La crudeza de sus palabras, saber que él había interpretado sus temblores de deseo y miedo ante lo desconocido como una actuación, saber que su intención había sido hacerla suya contra una pared, le heló la sangre. Por no mencionar la certeza de saber que él no había hecho más que aprovechar una oportunidad y que ella prácticamente se había arrojado en sus brazos como una adolescente ávida de sexo.

–Como dicen los franceses, *au revoir*, Siena DePiero –Andreas le había sujetado la barbilla con fuerza hasta hacerle daño–. Algún día nuestros caminos volverán a cruzarse. No te quepa la menor duda.

Después la había soltado y, tras dedicarle otra penetrante mirada, había soltado un improperio mientras se colocaba el casco y arrancaba en la potente moto.

Las calles de Londres hicieron que los recuerdos de Siena se enturbiaran, pero la tangible ira que había sentido en Andreas aquel día jamás lo haría.

–Ya hemos llegado.

El mismo joven abrió la puerta de Siena, aliviada por no tener que aceptar la ayuda de Andreas que la esperaba con la maleta en la mano. Sin embargo, no pudo impedirle apoyar una mano en su espalda mientras se dirigían al interior del edificio. La vulnerabilidad que desplegaba ante ese hombre la ponía furiosa consigo misma.

A Andreas no se le escapó la palidez de Siena y la tensión que reflejaba su rostro mientras subían en el ascensor. Con la pequeña maleta aún en la mano, tuvo que reprimir algo peligrosamente parecido a la compasión al comprender que esa maleta era su única posesión en el mundo. Esa mujer había sido una de las más privilegiadas e intocables del planeta y había maquinado hasta el último detalle lo sucedido en París, se recordó.

En el mugriento apartamento, ella le había preguntado cuánto duraría su relación y Andreas había estado
a punto de contestar que un mes. Sin embargo, él jamás había pasado más de una semana con la misma
amante. Al cabo de ese tiempo empezaba a aburrirse
o a agobiarse. Un mes era demasiado tiempo, a pesar
de desearla con unas ansias que bordeaban lo obse-
sivo, y no iba a tratarla de manera diferente al resto de
sus novias.

Una vocecilla en la cabeza le recordó que ya había
hecho distinciones porque la iba a instalar en su apartamento. Nunca había vivido con una de sus amantes,
evitando siempre la claustrofóbica intimidad. Repren-
diéndose en silencio, se preguntó por qué no había tomado la decisión de instalar a Siena en una habitación
de hotel.

La idea de que esa mujer le estuviera obligando a re-
plantearse sus acciones le ponía enfermo. Le despertaba
oscuros y agobiantes recuerdos.

Antes de abandonar la casa familiar, a los diecisiete
años, Andreas había hecho planes con su mejor amigo
para marcharse juntos. Iban a hacer cosas importantes.
Pero durante el último verano, su amigo se había enamorado de una chica, convirtiéndose en esclavo de sus
emociones y al final le había confesado que ya no deseaba viajar ni ser alguien importante. Andreas había
intentado sin éxito hacerle cambiar de idea y había sido
testigo de cómo ese joven había arruinado sus esperan-
zas y sueños.

Cuando Spiro había descubierto a su novia en la
cama con otro, se había sentido tan desolado que se había suicidado. A Andreas le había afectado profundamente aquello y no comprendía cómo alguien podía in-
vertir tanto en una persona. Por amor. Un amor que
nunca había sido recíproco.

El padre de Andreas había sido el primero de la familia en obtener una beca para estudiar en la universidad de Atenas, pero antes de aceptarla, se había enamorado de la madre de Andreas. Ella se había quedado embarazada y él había decidido quedarse en el pueblo y casarse, renunciando a su sueño de convertirse en médico.

Siempre había sido consciente de la oportunidad que había perdido su padre. Y, tras la tragedia de su amigo, se había jurado no dejarse dominar por los sentimientos jamás.

Y no lo había hecho, hasta acercarse peligrosamente al desastre aquella noche en París cuando casi se había echado a perder con la seductora rubia que había pasado del más tórrido calor al mayor frío ártico. Había sido una llamada de atención, un recordatorio de lo verdaderamente importante: no desviarse de su camino.

Andreas estaba seguro de que en esa ocasión todo era diferente. Cuando el ascensor se detuvo y las puertas se abrieron, se vio asaltado por una oleada de anticipación y placer que despejaron todas sus dudas. Siena DePiero estaba allí. Era la única opción admisible.

Llevaba mucho tiempo esperando ese momento, desde aquella noche en París. Incluso a la mañana siguiente, cuando ella había aparecido como la materialización de sus fantasías, la había deseado ferozmente. Incluso después de lo que le había hecho.

–Esta es tu habitación.

Andreas se hizo a un lado para permitirle entrar en un amplio dormitorio. Siena se sintió aliviada al oírle decir «tu habitación». La impresionante estancia estaba decorada en tonos azules y grises, y dominada por una enorme cama. En un extremo se adivinaba un cuarto de baño alicatado en blanco.

Atravesó el vestidor y llegó a un salón amueblado con un sofá, sillas, un escritorio y un televisor. Quedaba confirmado que disponía de su propia suite.

Volviéndose, descubrió a Andreas apoyado en el quicio del vestidor.

–Esto es... encantador –admiró, consciente de que la descripción no se adecuaba ni de lejos a toda esa opulencia.

Estaba impresionada por el mundo en que vivía Andreas, un hombre que, tan solo unas horas antes, había pertenecido a su pasado, no a su presente.

«Tarde o temprano tenía que encontrarte», le recordó su vocecita interior.

–Pediré que venga mañana una estilista y una esteticista para atender tus necesidades.

Para embellecerla para él.

Siena sintió un repentino mareo y se tambaleó ligeramente.

–¿Qué sucede? –de inmediato, Andreas estuvo a su lado–. ¿Tienes hambre?

–No –ella sacudió la cabeza mientras luchaba contra la debilidad que sentía–. Estoy cansada, nada más. Me gustaría irme a la cama.

–Por supuesto, Siena –asintió él tras, aparentemente, tomar una decisión–. Eres mi invitada y ya sabes dónde está todo. Sírvete tú misma.

Dándose media vuelta, se dirigió a la puerta del dormitorio donde se detuvo y se volvió.

–Duerme todo lo que puedas, Siena –le aconsejó con dulzura–. Lo necesitarás.

Ella reprimió un nuevo mareo mientras le observaba marcharse y cerrar la puerta del dormitorio. De repente se sintió agotada. Le dolía la cabeza y no aguantaba más.

Sacó de la maleta todo lo necesario y se vistió para

irse a la cama. No podía negar la satisfacción de sentirse envuelta en la lujosa ropa de cama y en pocos segundos cayó en un sueño más parecido a un estado comatoso.

Sabía que se trataba de un sueño, pero no podía salir de él. Estaba de nuevo en el salón de baile en París. En su interior vibraba la ambición de poseer un lugar como ese algún día. Sería un logro impresionante para un chico de pueblo sin cualificación.

Y entonces, como si la cámara tomara un primer plano, solo veía su rostro. Puro y hermoso. Altivo y frío. Perfecto. Los cabellos dorados estaban recogidos en un elaborado moño y las joyas resplandecían en su cuello. Su pose era la de una reina. Lo único que estropeaba la escena era la mancha de vino tinto en el escote.

El sueño cambió de escenario. Se encontraban en la tienda, rodeados de maniquíes que lucían hermosos vestidos y brillantes joyas encerrados en una vitrina. Ella reía como una niña y sus enormes ojos azules chispeaban traviesos.

–¡Quiero ese! –señaló un maniquí.

Andreas hizo una aparatosa reverencia, arrancándole otra carcajada, y trepó al interior de la vitrina para quitarle el vestido al muñeco para luego entregárselo.

–Muchas gracias, caballero –ella hizo una reverencia antes de desaparecer en el interior del probador y echar las pesadas cortinas de terciopelo.

La sangre de Andreas hervía. Se sentía exultante.

Y de nuevo apareció ante él. Andreas se ahogaba en esos ojos tan azules que dolía mirarlos. Y el dolor se volvió físico al mirar hacia abajo y ver un cuchillo salir de su estómago en medio de un charco de sangre.

–No, no te pedí que me tocaras –aseguraba ella con

una sonrisa cruel en los labios–. Jamás permitiría que alguien como tú me tocara.

–¿Pensabas que a ti no podía pasarte? –Spiro, su amigo muerto, reía detrás de Siena.

Y Andreas empezó a caer.

Sobresaltado, despertó bañado en sudor. Instintivamente, se palpó el estómago, pero, por supuesto no había cuchillo ni sangre. Había sido un sueño.

Era una pesadilla que se había repetido durante meses tras abandonar Francia. Y entonces recordó. Siena estaba allí, en su apartamento. Con el corazón acelerado, se levantó de la cama y se puso unos calzoncillos, convencido de que había sido su presencia la que había despertado de nuevo el viejo sueño.

Se dirigió al salón donde se sirvió una copa que apuró de un trago. Poco a poco se sintió de nuevo centrado, aunque incapaz de sacudirse el recuerdo de aquella noche.

Había sido el encargado de supervisar el exclusivo baile anual de debutantes, asegurándose de que saliera a la perfección. Contemplaba a esas niñatas malcriadas con ojo muy crítico, pues había oído toda clase de historias sobre sus modales libertinos.

Aun así, le costaba creerlo. Todas tenían un aspecto de lo más inocente, sobre todo la más bella de todas: Siena DePiero. Había advertido cómo se mantenía ligeramente apartada de las demás, y también cómo su padre no se despegaba de ella. Había percibido su altivez y presenciado el instante en que su compañero de mesa había derramado accidentalmente una copa de vino sobre el inmaculado vestido blanco. De inmediato, se había ofrecido a acompañarla a la tienda para buscar un vestido nuevo.

Su padre se había opuesto claramente a dejarla marchar, pero no había tenido elección. No podía permitir que su hija fuera presentada en sociedad con el vestido manchado. Y así, Andreas había escoltado a la gélida belleza hasta la tienda.

–Por favor, perdona la rudeza de mi padre –se había disculpado ella.

Andreas se había sorprendido por la disculpa y también por la amabilidad mostrada por una joven de quien había esperado desprecio. Incluso parecía nerviosa y ruborizada. Y para su absoluta vergüenza, se descubrió reaccionando ante esa chiquilla que cumpliría dieciocho años al día siguiente.

Al llegar a la tienda, la tensión sexual había crecido varios enteros entre ellos. Él había tenido algunas amantes, pero jamás se había sentido como si lo atravesara un rayo.

La inocente sensualidad y aparente timidez de esa joven contrastaba con su altiva y fría belleza, y con la reputación que precedía a todas las debutantes.

Tras mirar a su alrededor unos minutos, Siena había hecho una mueca y señalado un vestido, bastante parecido al que llevaba puesto.

–Ese de ahí recibiría la aprobación de mi padre.

Sonaba tan resignada y desilusionada que Andreas había sentido el inmediato deseo de hacerle reír, trepando al interior de la vitrina y arrancándole el vestido al maniquí.

Después, ella había desaparecido en el interior del cambiador y Andreas la había esperado, víctima de una profunda tensión al imaginársela ahí dentro, desnuda, fantaseando con abrir la pesada cortina, bajarse los pantalones y tomarla contra la pared.

Y entonces ella había vuelto y la sangre había abandonado el cerebro de Andreas.

–¿Me subes la cremallera? –le había pedido, dándole la espalda.

Andreas seguía sin saber cómo había logrado reprimir el impulso de arrancarle ese vestido.

–¿Cómo te llamas? –había preguntado ella volviéndose de nuevo hacia él.

–Andreas Xenakis.

–Andreas –había repetido Siena con un ligero acento italiano, imposiblemente sexy.

Y ya no recordaba nada más salvo el calor y el deseo. Su boca había cubierto la suya y ella se había aferrado a su cuello, gimiendo dulcemente. Estaba tan duro...

Regresó de golpe al presente, consciente de estar sujetando la copa con tal fuerza que estaba a punto de hacerla añicos. Se recriminó la reacción de su cuerpo y se obligó a relajarse.

Contempló la millonaria vista de Londres, tan lejos de sus raíces y los dolorosos recuerdos de vidas desperdiciadas. Desperdiciadas por culpa del amor. Curiosamente, su habitual sensación de satisfacción lo abandonó, sustituida por el deseo de una nueva satisfacción. Una satisfacción que solo podía surgir tras acostarse con Siena y saciarse de ella.

Jamás olvidaría la rapidez con que había cambiado aquella noche, de una bruja retorciéndose contra él, suplicándole que la tocara y la besara, hasta la mujer que lo había rechazado como si el contacto con su cuerpo la quemara. No olvidaría cómo había dado un paso atrás, sujetándose el vestido y mirándolo acusadora. Y entonces había comprendido que había alguien más en la tienda. Su padre.

Había creído en la timidez e inocencia de la joven. Él, mejor que nadie, debería haber sabido que una chica así no podía existir.

Al poco de empezar a trabajar en Atenas, su físico había atraído a un sinnúmero de mujeres, todas sexualmente maduras y adineradas. Le habían ofrecido dinero, o un ascenso, y reído ante su negativa a conseguirlo en la cama.

—¡Andreas! —se había burlado una de ellas—, algún día ese orgullo te meterá en un lío. Te enamorarás de una bella joven que fingirá ser menos fría y dura que nosotras.

Y así había sido. Había caído en la trampa. Jamás se le habría ocurrido que alguien tan joven como Siena pudiera ser tan maliciosa y calculadora, pero la había visto transformarse de una tímida gatita en una zorra desalmada.

Y desde ese momento se había rodeado de la clase de mujeres que poblaban su mundo. Mujeres sexualmente activas y de mundo. No tenía tiempo para mujeres que jugaran o fingieran ser lo que no eran. Y jamás, jamás, creería de nuevo en el mito de la dulce inocencia.

Dejó la copa sobre una mesa y se dirigió a la suite de Siena. Lentamente, abrió la puerta y, tras acostumbrarse a la escasa luz, vio la forma del cuerpo sobre la cama.

Durante un segundo había pensado que formaba parte del sueño y que ella no se encontraba realmente allí.

Se acercó a la cama y la contempló, tumbada de espaldas. Llevaba puesta una camiseta y sus pechos hicieron que toda la sangre descendiera a la entrepierna de Andreas.

El triunfo resultaba embriagador. Ella estaba allí y sería suya.

Era muy consciente de que aunque el negocio de su padre no se hubiera hundido habría sentido la misma determinación de conseguirla, aunque le habría resultado más difícil.

Aún en la penumbra se veían las oscuras ojeras bajo los bonitos ojos. Sintiendo una opresión en el pecho, se fijó en lo cansada que parecía. Un ligero movimiento hizo que se pusiera tenso. Después se hundió de nuevo en el más profundo sueño y un leve ronquido surgió de su boca. Andreas no pudo evitar sonreír ante el sonido tan incongruente en alguien tan perfecto.

Y entonces recordó cómo le había pedido dinero y la sonrisa se esfumó. Tuvo que obligarse a recordar quién era, cómo lo había engañado. Pero había aprendido la lección y no estaba dispuesto a repetir el error.

La noche siguiente, Siena se asomó a la ventana del salón del palaciego apartamento de Andreas. Dio la espalda a la bonita vista de Londres y suspiró. No podía sentirse más lejos del pequeño piso que había ocupado, pero, por mucho que lo odiara, también le gustaba porque representaba la libertad que nunca antes había podido disfrutar.

Se encontraba nuevamente confinada en una celda de oro. Para gran alivio suyo, Andreas ya se había marchado a trabajar cuando ella había despertado. Le había dejado una escueta nota en la que le informaba de que la asistenta tenía el día libre y que tomara cuanto deseara. La estilista y la esteticista llegarían aquella misma mañana.

Dos horas después aparecieron dos mujeres escalofriantemente eficientes y en poco tiempo Siena se encontró lavada, frotada y brillante. El vestidor estaba repleto de ropa, desde la más informal a la de alta costura, por no mencionar los cosméticos, accesorios y ropa interior tan delicada y sensual que le hizo sonrojarse. Una pared entera del vestidor estaba ocupada por los zapatos.

Toda aquella extravagancia había sorprendido a Siena. Su padre había sido tremendamente parco con el dinero y, si bien Serena y ella habían disfrutado de los más exclusivos modelos, solo había sido por el deseo de su padre de cultivar una imagen.

Poco después Andreas había telefoneado para comunicarle que había algo de carne en la nevera. Le ordenó que la metiera en el horno para que estuviera lista para comer cuando él regresara a casa. Media hora después, Siena aún no había descubierto cuál de los futuristas muebles de la cocina era el horno. El patético fracaso le hizo sonrojarse de vergüenza.

Su padre les había prohibido a ella y a su hermana que se acercaran a la cocina del *palazzo*, pues consideraba una señal de falta de clase que conocieran su manejo.

Antes de que pudiera investigar más, la puerta del apartamento se abrió y se oyeron unas fuertes y decididas pisadas. Presa de la tensión, ella supo que Andreas la vigilaba desde la puerta. Lentamente se volvió e intentó controlar su reacción al verlo en carne y hueso, vestido de traje. Su cuerpo respondió como si la hubieran enchufado a la corriente.

—No he metido la carne en el horno —admitió cruzándose de brazos y alzando orgullosa la barbilla— porque me niego a ser tu criada.

—Bueno —contestó él—, pues espero que hayas comido bien al mediodía porque yo me niego a ser tu cocinero solo porque no hayas querido molestarte en meter la carne en el horno.

Siena sintió una absurda punzada de autocompasión. Lo cierto era que se moría de hambre porque solo había comido un sándwich. Además, si no quería contarle la verdad, no podía culpar a nadie más que a ella misma. Dedicaría el día siguiente entero a encontrar el maldito horno y a descubrir cómo funcionaba, aunque le costara la vida.

–No tengo hambre –masculló altiva entre dientes mientras intentaba no clavar la mirada en el suculento pedazo de carne que Andreas sacaba de la nevera–. En realidad estoy muy cansada. Ha sido un día muy largo. Si no te importa, me retiro a mi cuarto.

–Claro que me importa –contestó él–. Deberías quedarte a verme comer después de tu comportamiento de niña mimada, aunque la expresión en tu rostro me quitaría el hambre.

Andreas continuó con frialdad.

–Da la casualidad de que tengo trabajo que hacer esta noche, de manera que puedes hacer lo que te plazca. Y no tienes que retirarte a tu habitación como una especie de mártir.

Siena se instaló en el salón y encendió el televisor, aunque lo que realmente deseaba era escapar a su cuarto y evitar cualquier contacto con Andreas.

Poco después, Andreas se rindió ante la evidencia de que le era imposible trabajar. Imposible sabiendo a Siena tan cerca. Le había sorprendido su comportamiento de niña malcriada. Era como si una parte de él siguiera aferrado a la falsa imagen de aquella dulce muchachita de París, antes de la metamorfosis.

Llevó el plato de la cena al lavavajillas y comprobó que el resto de la comida estaba intacto. Frunció el ceño ante la testarudez de Siena, demasiado orgullosa para su propio bien. El sonido de unas risas enlatadas llamó su atención. Siguió el sonido y encontró a Siena acurrucada en el sofá, profundamente dormida.

Andreas apagó el televisor sin que Siena se despertara. Intentaba no recordar la sensación que le había provocado verla en su cocina al regresar del trabajo, vestida con unos vaqueros desgastados y una camiseta, los cabellos recogidos en una cola de caballo y los pies descalzos.

Sabía que había estado en manos de la esteticista y su mente invariablemente se detuvo en las partes de su cuerpo que en esos momentos debían resplandecer suaves como la seda. No había percibido grandes cambios físicos, pero, por otra parte, la perfección era difícil de mejorar.

Se fijó en las maltrechas manos que ya lucían un aspecto más suave. Las uñas mordidas habían sido recortadas.

De repente ella despertó mirándolo con sus enormes ojos azules. Durante un instante algo, potente y vital, estalló entre ellos. Casi de inmediato Siena lo reconoció y recordó dónde estaba y por qué, y sus ojos adquirieron una expresión de desconfianza.

–¿Qué hora es? –preguntó con voz ronca, incómoda por la presencia de Andreas.

–Más de medianoche –contestó él tras consultar el reloj.

–Debería irme a la cama –Siena se puso en pie.

–Sí –asintió Andreas–. Pareces agotada. Debe haber sido por todos esos cuidados y por tener que elegir los vestidos.

Siena estuvo a punto de protestar por lo injusto del ataque, pero las palabras murieron en su garganta. Estaban demasiado cerca y los ojos color azul marino le recordaron otro momento de intimidad...

Bruscamente dio un paso atrás, pero, olvidando el sofá que tenía a su espalda, cayó. Con los reflejos de una pantera, Andreas la sujetó por la cintura y la atrajo hacia sí.

–¿Qué haces? –preguntó ella con la garganta seca y casi sin respiración.

Durante un tenso silencio, Andreas no contestó y ella tuvo la sensación de que los dos corazones latían al unísono. Y lo deseó ferozmente. Quería que la besara.

–Te permito irte a la cama.

Capítulo 5

ANDREAS había apartado a Siena de su lado y ella se sonrojó violentamente.

–Eso sí que ha sido un buen truco... sonrojarte a voluntad –observó él–. Pero olvidas que pierdes tu tiempo conmigo, Siena. Conmigo no te hace falta fingir.

–Me alegra saberlo –el color de las mejillas de Siena subió de tono, pero en esa ocasión por la ira–. Así no tendré que desperdiciar mis energías.

Dándose media vuelta, se dispuso a marcharse, pero Andreas la agarró de la mano, provocándole una descarga eléctrica que subió por su brazo.

–Tengo algo para ti. Acompáñame.

Víctima de la curiosidad, Siena siguió a Andreas hasta el estudio débilmente iluminado. La bella estancia resultaba muy masculina y las paredes estaban cubiertas de estanterías que llegaban hasta el techo, todas abarrotadas de libros.

Andreas descolgó una foto de la pared, descubriendo una caja fuerte de la que sacó una caja de terciopelo. Abriéndola, le mostró una sencilla, y valiosísima, pulsera de diamantes.

El corazón de Siena empezó a latir alocadamente cuando le tomó una muñeca.

–Llevas aquí una noche. Creo que es justo que te recompense por ello.

–No hace falta que me premies como si fuese un niño, Andreas –respondió ella inquieta.

–Ya sé que no eres ninguna niña, Siena –Andreas dejó caer su muñeca–. Te recompenso porque me pediste que lo hiciera. Mañana por la noche asistiremos a una gala benéfica y... esta noche será la última que duermas sola.

El temor y la excitación cabalgaron parejos. La idea de ser vista y reconocida, que la gente la señalara y susurrara, la aterrorizaba casi tanto como saber que al día siguiente, a esa misma hora, estaría en su cama.

–Me muero de ganas –mintió mientras reculaba.

Casi había salido por la puerta cuando Andreas la llamó de nuevo.

–He dispuesto que uno de los mejores joyeros de Londres venga mañana por la mañana –le informó–. Podrás elegir unas cuantas joyas para contentar ese corazoncito de piedra.

Siena no contestó. Repentinamente pálida, se dio media vuelta y abandonó el estudio. Andreas la observaba con los puños firmemente cerrados. De nuevo no estuvo seguro de qué reacción había esperado de esa mujer, pero no había sido esa.

Respiró hondo y se preguntó por enésima vez por qué no seguía sus instintos y la tomaba allí mismo, o por qué no lo había hecho sobre el sofá un rato antes ni la seguía hasta el dormitorio. Estaba en su casa. Le pertenecía. Le había pedido un pago a cambio. Pero decidió esperar hasta recuperar la sensación de control.

Siena le recordaba demasiado a aquel joven ambicioso e impulsivo que había sido una vez, desesperado por formar parte del mundo que ella habitaba. Sin embargo, desde entonces había cambiado, y verse forzado al exilio le había hecho apreciar el lugar del que procedía.

Quizás no quisiera formar parte del mundo cálido y estancado de su familia, pero respetaba su elección.

Una vocecita en su cabeza se burló de él, recordándole que, en las escasas ocasiones en que regresaba a casa, sentía una pequeña punzada al ver a sus hermanas con sus maridos y los niños. Incluso llegaba a temer que si permaneciera demasiado tiempo, todo aquello por lo que tanto había luchado desaparecería para siempre y volvería a convertirse en ese joven que había sido.

No iba a permitir que Siena resucitara esos recuerdos. Ya lo había hecho en una ocasión, pillándole desprevenido, y le había destrozado la vida.

Por tanto se mostraría civilizado al máximo sin ceder a la inmensidad de las emociones que lo desgarraban por dentro. Ella ya no tenía ese poder sobre él y jamás lo tendría.

De regreso a su habitación, Siena intentó en vano quitarse la pulsera, pero se negó a pedirle ayuda a Andreas. Al fin consiguió abrirla y la dejó caer con una especie de fascinado horror. Acababa de regalarle una pulsera de diamantes, como si tal cosa. Y al día siguiente le daría mucho más. Y por la noche...

Quiso odiar a Andreas, pero no tenía verdaderos motivos para hacerlo. Cinco años atrás, cuando ella prácticamente se había arrojado en sus brazos, él la había utilizado. ¿Qué hombre no habría hecho lo mismo? Ella había creado la estúpida fantasía de que algo especial había surgido entre ellos. ¿Realmente se había merecido perder el trabajo? No.

Cada vez que comparaba al joven magullado que se había marchado en moto al día siguiente con el hombre en que se había convertido, sentía un escalofrío. Durante un segundo aquella mañana, Siena había soñado con subirse a esa moto. Y de no haber tenido que pensar en su hermana, a lo mejor lo habría hecho.

Era consciente de que si Andreas no hubiera dejado de besarla la otra noche en su apartamento, la habría hecho suya allí mismo, se habría dado cuenta de lo inexperta que era y se habría marchado sin echar la vista atrás habiendo satisfecho su curiosidad y su deseo de venganza. Sin embargo, la idea no le produjo la sensación de alivio que debería.

Le asustaba lo que le sucedía cada vez que la tocaba. Era como si cortocircuitara su capacidad para pensar racionalmente. Al despertar en el sofá un rato antes y encontrarle mirándola fijamente, había reaccionado visceralmente: su sangre vibrando y su cuerpo despertando. Y entonces había comprendido dónde estaba y por qué.

Las reservas que mostraba Andreas hacia ella le indicaban que controlaba la situación mucho mejor. La idea de mostrarse en público, de que Andreas le hiciera el amor... Iba a tener que echar mano de la persona pública y glacial que tanto había gustado a su padre porque le daba un aire intocable y altivo. Deseable. Inalcanzable.

El único problema era que era, precisamente, demasiado alcanzable. En cuanto Andreas la tocaba, la parte altiva y glacial saltaba por los aires para ser sustituida por calor y locura.

Para alivio de Siena al despertar no había, aparentemente, señales de Andreas, pero sentía un cosquilleo en la piel que le indicaba que no estaba lejos.

Al entrar en la cocina descubrió el desayuno preparado. Se sirvió una taza de café, aún caliente, y se sentó a la mesa dispuesta a degustar un cruasán con mermelada.

–Qué amable por tu parte unirte al resto de los mortales. Empezaba a pensar que iba a necesitar un cubo de agua fría para despertarte.

Siena levantó la vista y estuvo a punto de atragantarse. Iba vestido con vaqueros y un polo que abrazaba el impresionante torso, provocándole una miríada de sensaciones en cada vena de su cuerpo.

Intentó hablar, pero antes de que pudiera decir nada, él continuó.

—Claro que son solo las diez de la mañana ¿quizás demasiado pronto para ti?

Siena reprimió un sentimiento doloroso. Normalmente, a esas horas ya habría hecho la mitad de su jornada laboral. Él, sin duda, se refería a su antigua vida. No obstante, siempre había sido una mujer madrugadora.

—Bueno —contestó con dulzura, ocultando sus sentimientos—, siento defraudarte. Si quieres, mañana me levantaré al mediodía.

—Eso me gustaría mucho —él se acercó a la mesa y se sirvió otra taza de café—, siempre que estemos los dos juntos en la cama.

A Siena le costó un monumental esfuerzo no reaccionar a la provocación. Qué audaz era ese hombre sentado a la mesa con las largas piernas estiradas, demasiado cerca de ella.

—No te imagino descuidando tu negocio hasta ese punto.

—No te preocupes —contestó Andreas secamente—, mi negocio va muy bien.

—A costa de toda esa pobre gente que está perdiendo su empleo por tu insaciable ambición.

Andreas la miró con los ojos entornados y ella se recriminó por sus palabras. Se había puesto en evidencia, prácticamente confesado, que seguía los progresos de su carrera.

—De modo que lees la prensa. Pero tú, mejor que nadie, deberías saber que no puedes creerte todo lo que se publica. Además ¿desde cuándo te preocupa la pobre gente?

La voz de Andreas estaba cargada de frialdad, y también de algo más ambiguo y parecido al orgullo herido, y Siena se sintió momentáneamente confusa. ¿Era todo mentira?

—El joyero llegará enseguida —anunció él, tras fregar su taza y desapareciendo por la puerta antes de que ella pudiera responder.

Imitando a Andreas, fregó la taza y el plato, orgullosa de haber descubierto los grifos. A punto de marcharse de la cocina, una mujer mayor entró sonriente.

—Buenos días, querida. Usted debe ser la señorita DePiero. Soy la señora Bright, la asistenta.

—Por favor, llámame Siena —respondió ella con una sonrisa.

A pesar de estar muy curtida en relaciones sociales, también era una persona tímida, pero la otra mujer se acercó a ella y le estrechó cálidamente la mano.

Después le preguntó a la señora Bright todo lo que necesitaba saber sobre la cocina.

—Pensé que me haría falta una licenciatura en ingeniería espacial la primera vez que entré aquí, pero en realidad el manejo es bastante sencillo.

Siena le explicó el incidente de la carne y el horno.

—No te preocupes, cielo. Yo tampoco lo encontraba al principio.

Las dos mujeres, absortas en la contemplación del horno, ignoraban que Andreas las vigilaba desde la puerta.

—Siena, el joyero está aquí —anunció él finalmente.

Ambas se volvieron sobresaltadas y Siena se sonrojó visiblemente, le dio las gracias a la asistenta y pasó por delante de Andreas que la agarró del brazo.

—¿No sabías dónde estaba el horno? —le susurró al oído—. ¿Por qué no me dijiste la verdad?

–Pensé que te reirías –respondió ella, evitando mirarlo a los ojos.

–Deberías habérmelo dicho, Siena –a Andreas no le resultaba divertido–. No soy un ogro.

Cuando entraron en el salón, Siena temblaba. Dos hombres les esperaban con multitud de cajitas y estuches, y la mesa estaba cubierta de joyas. Siena vio a un guarda de seguridad en una esquina y se sintió asqueada.

Aquella noche, Siena aguardaba a Andreas, que aún no había regresado de la oficina adonde se había marchado tras la exhibición privada de joyería.

Andreas había sugerido que, para apreciar realmente las joyas, debía ponerse un traje de noche y la había arrastrado hasta el dormitorio donde había elegido un vestido largo y negro sin tirantes.

–Ponte este.

–No lo haré –había protestado ella–. Sé muy bien qué joyas me van bien y cuáles no.

–Ya, pero dado que soy yo el que pagará por el privilegio de tu compañía durante una semana, me gustaría ver cómo te pruebas las joyas con algo más adecuado que unos vaqueros y una camiseta que, por cierto, espero estén en el cubo de la basura mañana.

–Lo haces para humillarme –ella se había cruzado de brazos, fulminándolo con la mirada.

–Ponte el vestido, Siena, y recógete el pelo. O lo haré yo por ti. Te doy cinco minutos.

Andreas se había dado media vuelta, marchándose de la habitación mientras Siena, furiosa, estaba decidida a no cooperar. Pero al imaginárselo regresando para desnudarla, empezó a sudar. Seguramente no lo haría, o tal vez sí...

Mascullando entre dientes, repitió su mantra: «una semana, una semana», y metió la ropa en la maleta. No tenía ninguna intención de tirarla. Luego se puso el vestido, sencillo y elegante. El corpiño se pegaba a sus pechos, haciendo que parecieran más grandes y resaltando el canalillo. Su padre jamás le habría permitido ponerse algo así de sensual.

Tras recogerse los cabellos en una cola de caballo, había regresado, descalza, al salón. Los dos joyeros la observaban atentamente, pero ella solo era consciente de la profunda mirada azul que se deslizaba por su cuerpo de pies a cabeza.

Andreas la había tomado de la mano e invitado a sentarse junto a él en un sofá de dos plazas. Estaba demasiado cerca, sobre todo cuando la había rodeado los hombros con un brazo y empezado a acariciar la desnuda piel hasta acelerarle el pulso.

Siena había soltado un juramento en silencio e intentado apartarse, pero solo había conseguido que el brazo que antes rodeaba sus hombros se deslizara hasta la cintura.

En cuanto a las joyas, solo había visto una nebulosa de oro y diamantes, perlas, zafiros y esmeraldas. Andreas había elegido varias piezas que había entregado a Siena para que se las probara antes de añadirlas a un montón cada vez más grande.

Al final había perdido la cuenta de la cantidad de joyas que formaba el montón de las aceptadas y hubiera deseado poder gritar cuando Andreas le había probado un sencillo collar de platino y diamantes que hacía juego con la pulsera.

–Llévalas esta noche con el vestido.

Su primer impulso había sido contestar con un improperio, pero se había reprimido recordándose que ese hombre la había comprado. Andreas podía exigirle cuanto deseara y Siena tuvo una inquietante imagen de sí misma desnuda, salvo por las joyas, tumbada sobre la cama de su amo.

Cuando Andreas sentenció que estaba satisfecho, los otros dos hombres empezaron a recoger las joyas restantes. Sin embargo, algo había llamado la atención de Siena que, sin poderse contener, había alargado la mano hacia una delicada gargantilla de oro.

No tenía el mismo resplandor de las otras joyas, pero era exquisita. Una sencilla cadena de oro con el detalle de una jaula. La diminuta puerta de filigrana estaba abierta y un poco más arriba de la cadena colgaba un pajarito. A Siena se le había agarrotado el estómago. Algo en ese pájaro que había volado de la jaula le había conmovido.

–Esa pieza no formaba parte de la selección que habíamos elegido hoy –el más mayor de los joyeros carraspeó–. Fue incluida por accidente. Es de una joyera griega...

–Angel Parnassus –había interrumpido Siena distraídamente.

–Sí –había confirmado el joyero.

–Nos lo quedamos también –había sentenciado Andreas con brusquedad.

Ella había empezado a protestar. No soportaba que él hubiera presenciado su momentánea distracción y vulnerabilidad y lo miró con frialdad.

–Si tanto te gusta, quédatela.

Siena no había querido nada para ella, pero no había tenido ninguna oportunidad de protestar. Andreas se había puesto en pie y estrechaba la mano de los joyeros mientras les acompañaba a la puerta, dejándola con la gargantilla en la mano.

Siena oyó un ruido y regresó bruscamente al presente. Segundos después oyó las pisadas de Andreas y el sonido de sus nudillos golpeando la puerta para comprobar si estaba arreglada. Tras asegurarle que sí lo estaba, se marchó para prepararse para la velada. Siena, ridículamente nerviosa, lo esperó en el salón.

Llevaba puesto el vestido negro, tal y como había decretado Andreas, pero en lo referente a las joyas, había experimentado un pequeño momento de rebeldía y en lugar de la gargantilla de diamantes y la pulsera que él había elegido, había optado por una gargantilla de zafiros y diamantes que acompañó con un brazalete a juego.

De nuevo oyó unas familiares pisadas.

Cuando Siena se dio la vuelta, Andreas sintió como si alguien acabara de darle un puñetazo en el estómago y, durante un instante, fue incapaz de respirar. Había soñado muchas veces con verla así, tal y como la recordaba. Impresionantemente hermosa, elegantemente altiva. Intocable de un modo que le hacía desear tocarla.

Llevaba los cabellos recogidos en un moño alto, sencillo y a la vez elegante. El maquillaje era perfecto y no llevaba carmín en los labios. No le hacía falta.

—Me has desafiado —observó él con los ojos entornados.

—Puede que me hayas comprado para una semana, pero eso no quiere decir que no pueda ejercer cierta voluntad propia —contestó ella alzando orgullosa la barbilla.

—Cierto —asintió él mientras controlaba la ardiente furia de su interior—. Esa gargantilla es... igualmente hermosa.

La elección había sido perfecta. La gruesa cadena estaba incrustada de diminutos diamantes y se enroscaba alrededor del hermoso cuello y garganta en una si-

nuosa línea que terminaba en un enorme colgante de zafiro que resaltaba contra la pálida y suave piel. El color
azul oscuro de la gema resaltaba el azul más claro de
sus ojos.

Siena no había reaccionado ante las joyas con la in-
disimulada avaricia que había esperado ver en ella.
Apenas había prestado atención al impresionante des-
pliegue de joyas y lo único que sí había llamado su
atención había sido el sencillo colgante de oro, exquisito, desde luego, pero nada que ver con lo demás.

Desechó los inquietantes pensamientos. Si Siena no
había prestado atención a las joyas era solo porque pensaba convertirlas en dinero en pocos días. ¿Cómo había
podido olvidarlo?

Lo más importante era que aquella noche toda esa
fría e intocable belleza sería suya. Iba a suplicarle que
la hiciera llegar y ya no tendría ese aspecto tan inmaculado. La dejaría desnuda y saciada, ruborizada y mar-
cada por su pasión. Tal era su intención.

–Vamos –alargó una mano–. Es hora de irse.

Un par de horas más tarde, tras una suntuosa cena,
Siena estaba de pie junto a Andreas y sentía arder la
piel. Desde el instante en que le había tomado la mano
para salir del apartamento, no había dejado de tocarla
en toda la velada.

Siena solía rehuir el contacto físico, poco habituada
a él en su infancia, y le asustaba cómo parecía inclinarse
su cuerpo hacia Andreas.

–¿Una copa? –le ofreció él.

Ella sacudió la cabeza. Después de un par de copas
de vino y un aperitivo se sentía bastante mareada. Andreas se encogió de hombros y devolvió la copa a la
bandeja.

–¿Incómoda?

Durante un segundo, ella pensó que se refería al vestido o los zapatos, pero al ver el brillo en los ojos azules, comprendió. «Bastardo», pensó.

–Estoy muy cómoda, gracias, considerando el interés que despierto entre los demás por ser tu nueva amante, y una de las desgraciadas DePiero.

Siena sabía que él era plenamente consciente del modo en que les habían estado mirando y señalando durante toda la velada, cuchicheando sobre ellos.

–No me puedo creer que te afecte, no a la debutante que tan fríamente eliminó de su vida un desliz momentáneo.

La voz de Andreas tenía un tono burlón y ella se puso rígida. No se había imaginado hasta qué punto iba a afectarle dejarse ver en público de nuevo, exponerse al juicio de los demás, pero tampoco podía culparles.

–¿Cómo iba a negarte tu momento de venganza pública? –contestó ella con frialdad–. Sin duda debes estar pasándotelo muy bien. Quizás –prosiguió–, deberías llevarme a Roma para exponerme aún más al escarnio público. Aquí en Londres no soy muy conocida.

Andreas la fulminó con la mirada y la rodeó con un brazo, atrayéndola hacia sí. Siena dio un respingo. El masculino cuerpo era musculoso y duro, como una pared de acero. Y sentía la potente excitación contra el estómago.

–Creo que deberíamos bailar.

Antes de que pudiera registrar las palabras de Andreas, este la arrastraba a la pista donde había otras parejas bailando bajo la seductoramente tenue luz.

Siena intentó soltarse, pero le resultó imposible. El brazo que la rodeaba era como un cinturón de acero y le sujetaba la mano firmemente contra el pecho. La mirada azul oscura le recordaba el zafiro que colgaba de su cuello dejándole un amargo sabor de boca.

Sentirle endurecerse contra ella la dejaba completamente desarmada. ¿Cómo podía permanecer impasible ante el ataque sensual? Era su castigo, su venganza. De repente sintió terror ante la perspectiva de no poder controlar los sentimientos que despertaban en su interior. Parecían estar encerrados en una burbuja, aislados del resto.

Había bailado con muchos hombres desde aquel baile de debutantes en París, normalmente animada por su padre, pero jamás había experimentado algo tan carnal. Le temblaban las piernas y sentía el apéndice que los separaba crecer ardiente y húmedo.

No tenía nada que ver con lo que había sentido con ese mismo hombre en París, cuando la había seducido con una mirada y una sonrisa. Entonces había sido demasiado joven, pero en esos momentos sentía despertar en ella una faceta que ni siquiera sabía que tenía.

–Hora de irse –la música paró y Andreas se detuvo mirándola a los ojos.

Sin soltarle la mano, la condujo hacia la salida, hacia el fresco aire primaveral. El coche esperaba junto a la acera y el portero sujetaba la puerta abierta.

–Tom, necesitamos intimidad, por favor –solicitó Andreas secamente al chófer.

De inmediato se alzó una mampara de cristal tintado entre ellos y el conductor. Andreas la miraba con gesto salvaje, animal, posesivo.

–Ven aquí.

Capítulo 6

N O! –exclamó Siena asaltada por el pánico. Aún no estaba preparada.

–¿No? –Andreas enarcó una ceja.

–No puedes esperar que vaya a... –ella sacudió la cabeza y empezó a balbucear.

Sus palabras fueron interrumpidas por Andreas que la tomó por la cintura y la atrajo hacia sí, mirándola fijamente a los ojos. Ella apenas podía respirar y no entendía el porqué.

Pero cuando Andreas deslizó las manos por su cuerpo hasta el pecho y cubrió sus labios con la boca, sí comprendió el motivo de su ahogo. Era el deseo que vibraba en su interior y se concentraba entre las piernas.

Siena apoyó las manos sobre el torso de Andreas. Era incapaz de concentrarse en nada que no fuera la ardiente boca sobre la suya, que se abrió por voluntad propia.

Sus lenguas se tocaron y ella se aferró a la camisa de Andreas ante la sensación de que se caía. Fue ligeramente consciente de que una mano había abandonado su pecho para hundirse en sus cabellos y deshacerle el moño.

El beso se hizo más apasionado y Siena solo oía el rugido de la sangre en sus oídos. Un suave gemido escapó de sus labios cuando Andreas se apartó de ella hasta que comprendió que esos labios se estaban deslizando por su garganta.

Tuvo la sensación de que el vestido le estaba más suelto, hasta que comprendió que le había bajado la cremallera. Aprovechó una breve pausa para intentar llenar los pulmones de aire, pero fue en vano, pues en cuanto él dejó al descubierto uno de sus pechos, se quedó nuevamente sin respiración.

Encerrados en el coche, Siena no era consciente de las calles que atravesaban ni de las luces que las iluminaban. Podrían haberse encontrado en otro planeta. Solo era consciente de su propia feminidad y de la contrapartida masculina protagonizada por Andreas.

Él inclinó nuevamente la cabeza y ella sintió el ardiente aliento en el dolorosamente tenso pezón, antes de que la boca de Andreas se cerrara sobre él. Hundida en el asiento, se derritió ante la deliciosa sensación que parecía estar conectada con el pulso que latía desenfrenado entre sus muslos.

Como si le hubiera leído la mente, Andreas deslizó una mano por esos muslos para separarle las piernas y ella se sintió totalmente impotente ante las expertas manos que terminaron de bajarle el corpiño del vestido antes de someter al otro pecho a la tortura que había sufrido el primero.

Como por voluntad propia, las caderas de Siena bascularon y una mano se hundió en los cabellos de Andreas mientras que la otra se cerraba con fuerza a medida que la tensión, de gigantescas proporciones, se acumulaba entre las piernas.

Los finos dedos habían encontrado sus braguitas que empezaban a deslizarse por las caderas. Si no le aliviaba esa tensión, Siena enloquecería.

Segundos después, comprendió que Andreas había apartado los labios de su cuerpo y que la estaba mirando. Tenía los pechos húmedos y respiraba con dificultad. El vestido estaba subido casi hasta la cintura y las piernas separadas. Las braguitas colgaron de los masculinos dedos antes de que él se las guardara en el bolsillo de la chaqueta.

–¿Qué haces? –preguntó ella, repentinamente consciente de que él seguía impecablemente vestido. Torpemente, tironeó del vestido para bajarlo.

–Me aseguro de que cuando entremos no haya ninguna interrupción.

Solo entonces comprendió ella que estaban ante la puerta del edificio de Andreas y que el portero se acercaba para abrir la puerta del coche. Él la empujó hacia delante y le subió la cremallera del vestido antes de entregarle el chal.

Para cuando salieron al fresco aire de la noche, Siena bullía de indignación, no solo contra Andreas sino también contra sí misma por su debilidad. Cuando él volvió a apoyar una mano en su espalda para guiarla al interior, se soltó bruscamente y corrió hacia la puerta, dirigiéndose hacia el ascensor sintiendo la oscura presencia de ese hombre a su espalda.

Una vez en el interior del ascensor, se limitó a mirar al frente y, para su horror, sintió que tenía un nudo en la garganta y que estaba peligrosamente al borde de las lágrimas.

Andreas abrió la puerta del apartamento y, apenas la había cerrado cuando ella se volvió.

–¿Cómo te atreves?

–¿Cómo me atrevo a qué, Siena? –él la miró con calma–. ¿A besarte? ¿Cómo no iba a besarte? ¿Aún no te has dado cuenta de la atracción fatal que ejerces sobre mí con esa altivez tan tuya?

Siena estuvo a punto de soltar una carcajada. Jamás en su vida se había sentido menos altiva. Y en esos momentos odió a Andreas con una pasión que la asustó.

–Te odio –exclamó en voz alta sin poder contenerse.

–Ten cuidado, Siena –se burló él–. El amor es el polo opuesto del odio y no queremos que termines enamorándote de mí ¿verdad?

–¿Enamorarme de ti? –balbuceó ella–. Es lo menos probable que podría suceder jamás.

Siena alzó la barbilla desafiante. Necesitaba cambiar de tema y recuperar el control.

–No pienso dejar que me humilles por sistema cuando te plazca.

Andreas se acercó a ella con las braguitas en la mano y ella se sintió morir.

–Hacen falta dos para bailar, Siena, y en el coche me seguiste en cada movimiento. Nunca pensé que fueras una chica de hacértelo en el asiento trasero de un coche.

Siena alargó una mano para recuperar la prenda, pero Andreas se la volvió a guardar en el bolsillo. Antes de que se diera cuenta, se encontró con la espalda pegada a la puerta, sujeta por las muñecas por encima de la cabeza. Andreas se apretaba contra ella y la respuesta de su traicionero cuerpo era absoluta.

–Suéltame –gritó, desesperada por lo susceptible que era.

–Jamás –él sacudió la cabeza y sus ojos brillaron como oscuras gemas–. Serás mía hasta que yo diga basta.

Andreas se inclinó y encontró los labios de Siena. Ella intentó girar la cabeza, pero él la sujetó con la mano libre y la sostuvo cautiva para besarla y acariciarla con su experta lengua hasta vencer toda resistencia.

Siena era un manojo de turbulentas emociones y sensaciones, y casi le resultó un alivio ceder ante lo inevitable. Cuando ese hombre la besaba así, no podía hacer ni pensar nada.

Cuando al fin le soltó la mano, se encontró aferrándose a los fuertes hombros antes de deslizar la mano bajo la chaqueta.

Los labios fusionados y las lenguas una maraña de lujuria, Andreas retiró una mano para poder desembarazarse de la chaqueta mientras Siena peleaba con la pajarita.

En algún tibio rincón de su mente, ella se dijo que deseaba verlo tan descontrolado como se sentía ella, pero lo cierto era que lo que deseaba era verlo desnudo.

Sintió de nuevo que le bajaba la cremallera del vestido y casi suspiró de alivio cuando sus pechos fueron liberados. La boca y la lengua de Andreas eran un vivo recuerdo. Deseaba sentirlo de nuevo y tomó su cabeza entre las manos para guiarlo.

Siena se sentía febril y le temblaban las piernas, pero no podía moverse. Andreas se había apartado ligeramente de ella y procedía a desabrocharse la camisa. La visión del perfecto torso oliváceo, musculoso y sin un gramo de grasa, hizo que ella abriera los ojos desmesuradamente. Los oscuros pezones fueron una tentación demasiado fuerte.

Él gimió ante la tortura que ella le infringía. Resultaba casi inocente, sin duda una técnica que debía haber aprendido en alguna parte. Le sujetó el rostro con ambas manos para echarle la cabeza hacia atrás y contemplarla. Siena jadeaba ligeramente y lo miraba con los ojos y la boca muy abiertos. La erección aumentó al instante y, con una mano impaciente, se soltó el cinturón y bajó la cremallera del pantalón, bajándoselo junto con los calzoncillos. Tenía que tomarla de inmediato. Ni siquiera era capaz de moverse del sitio. No se le escapó que la escena era la misma con la que había fantaseado cinco años atrás, pero no podría importarle menos.

Lo único que veía eran los rubios cabellos sueltos sobre los desnudos hombros, los pechos rotundos y húmedos. Lo único en lo que podía pensar era en el sabor de esos pezones, en el sonido de sus suaves gemidos.

Andreas se despojó de la ropa. Estaba completamente desnudo y la mirada de Siena le hizo desear entrar dentro de ella para liberarse. Al fin.

Mascullando un juramento, en el último instante tuvo un destello de lucidez y sacó un preservativo del bolsillo de la chaqueta.

Incapaz de controlarse más, cayó de rodillas ante Siena y tiró del vestido que se deslizó hasta el suelo. Después la despojó de los zapatos.

–Andreas...

Pero Andreas la ignoró, su deseo demasiado intenso para resistirse.

Era mucho más de lo que se había atrevido a imaginarse en sus fantasías. Tenía unas largas y esbeltas piernas, y un triángulo de rubios rizos entre los muslos. Allí se dirigió, separándole las piernas.

–Quiero saborearte –suplicó con voz ronca al sentir su resistencia.

Segundos después, la lengua buscó y encontró la pura esencia de la feminidad, deleitándose en el sabor y aroma dulcemente almizclado.

Siena hundió las manos en los oscuros cabellos y tiró tan fuerte que sin duda resultaba doloroso, pero a Andreas no hizo más que excitarlo aún más. La erección pulsaba contra su cárcel de látex y supo que no podía esperar más. Ya la saborearía después. Necesitaba hundirse dentro de ella hasta olvidar su propio nombre.

Poniéndose de pie, agarró a Siena, a punto de desmoronarse.

–Enrosca tus piernas alrededor de mi cintura –le ordenó con voz ronca.

Siena le rodeó el cuello con los brazos y la cintura con las piernas mientras Andreas la apoyaba contra la puerta.

Sujetándola con un brazo, deslizó un dedo hasta su

núcleo y sintió el calor y la humedad. Separó las piernas y colocó el miembro a la entrada de los húmedos pliegues.

Haciendo acopio de toda su capacidad de control, se resistió al deseo de hundirse profundamente en su interior de una única embestida para saciarse al instante. No iba a permitir que ella le hiciera perder el control de esa manera. Se sujetó con fuerza y se introdujo en la húmeda caverna con una fuerte embestida.

Sintió el respingo de Siena y, casi al instante, fue consciente de la resistencia que había notado a su paso. Un sudor frío cubrió su frente y, apartándose ligeramente, la miró.

–¿Qué...?

Ella estaba pálida y su mirada azul reflejaba una profunda conmoción, desprovista ya de la nebulosa de deseo que había visto instantes antes. Una segunda embestida le provocó otro respingo y los brazos se cerraron con más fuerza alrededor de su cuello. No podía ser...

–No es posible que seas... –él reflejó su espanto en voz alta.

Siena se mordió el labio y sus ojos se llenaron de lágrimas. Andreas decidió retirarse, pero el movimiento hizo que los azules ojos brillaran con una renovada determinación.

–No –le ordenó ella–. No te pares.

–Te voy a hacer daño –contestó él con la voz entrecortada–. Si nos movemos...

–¡No! –exclamó ella mientras las piernas se cerraban en torno a la cintura de Andreas–. Aquí. Ahora. Tal y como te hubiera gustado hace cinco años.

El cerebro de Andreas estaba a punto de estallar, atrapado entre el Cielo y el Infierno. El almizclado aroma de esa mujer lo envolvía y su cuerpo lo atrapaba, pero no del modo en que había esperado.

El hecho de que aún fuera virgen era demasiado para procesar en esos momentos.

–Intenta relajarte –Andreas cedió–, así será más fácil.

Ella se concentró visiblemente y le permitió hundirse más en su interior. Andreas casi gimió ante el exquisito placer. Tenía el miembro casi dolorosamente aprisionado.

Inclinó de nuevo la cabeza y tomó un pezón con la boca, devolviéndole la vida con la lengua. Sintió el efecto sobre Siena que se relajó un poco más y dio una nueva embestida para hundirse más aún en su interior. Ella dio otro respingo, pero no fue de dolor.

Al mirarla de nuevo a los ojos, comprobó que ya no estaba tan pálida, sino más bien sonrojada y mordiéndose el labio. Lentamente inició una retirada antes de zambullirse de nuevo en su interior, más profundamente.

–Me siento...

–Ya lo sé. Déjame... Confía en mí.

A Andreas le sorprendió poder hilar más de dos palabras. Su mundo había quedado reducido a ese instante, a esa mujer, a ese inexorable deslizarse dentro y fuera de ella. A cada segundo que pasaba, el movimiento se hacía más fácil, más dulce. Siena apoyó la cabeza contra la puerta y cerró los ojos.

–Siena, mírame –él le sujetó la barbilla y la obligó a bajar la cabeza.

Ella lo miró con unos ojos enfebrecidos. Andreas sintió triunfalmente aproximarse el femenino orgasmo y aguantó despiadadamente su propia necesidad de liberación mientras la llevaba hasta la cima pendiente de sus bellos ojos cada vez más abiertos, las mejillas sonrojadas y los carnosos labios inflamados.

En alguna parte de su mente una vocecilla le aseguró que ella ya estaba rendida, pero eso no disminuyó el deseo de Andreas de empujarla un poco más allá. Y cuando ella cayó fue espectacular. Los ojos se abrieron desmesurados y la respiración se detuvo. Todo el cuerpo se tensó como un arco hasta que cayó en oleadas de espasmos y él no pudo hacer otra cosa que unirse a ella.

Andreas cerró los ojos y hundió la cabeza entre los pechos de Siena. Las respiraciones de ambos resonaban agitadas. Ella aflojó ligeramente el abrazo, como si no aguantara más.

Al fin él sacó fuerzas de flaqueza para erguirse. Siena evitaba todo contacto visual y dio un ligero respingo cuando él se retiró y la ayudó a ponerse de pie. Las ropas estaban esparcidas por el suelo, pero ella seguía llevando las joyas y Andreas sintió el repentino deseo de arrancárselas. Era un recordatorio de algo que no deseaba tener en esos momentos. Con un golpe sordo, la gargantilla y la pulsera cayeron al suelo.

El sonido de las joyas al caer retumbó en el interior de Siena. Evitando mirar a Andreas, se agachó para recoger el vestido, sujetándolo contra el cuerpo a modo de ineficaz escudo. Acababa de perder la virginidad con ese hombre, de pie y contra la puerta de su casa.

Rememoró el instante en que había estado a punto de detenerse, quizás para llevarla al dormitorio. En sus ojos había visto una expresión desgarradora y el recuerdo de aquella madrugada en París despertó de nuevo.

Siena no había querido ceder y hacerse trasladar a un entorno más apropiado para hacer el amor por primera vez. Aquello no tenía nada que ver con un romance y se negó a recordar la sensación de debilidad que la había conmovido cuando sus cuerpos se habían unido.

–*Theos*, Siena –exclamó Andreas–. ¿Por qué no me advertiste que eras virgen?

Ella lo miró y palideció, aliviada al ver que se había puesto los pantalones. No podría hacerle frente si seguía desnudo. Desesperada por convencerle de que no había significado nada, se encogió de hombros.

–Tampoco es para tanto. Era virgen y ya no lo soy.

–De manera que era cierto que tu padre planeaba ofrecerte a algún vejestorio de sangre azul. El sacrificio de una virgen.

–Sí –susurró ella sintiendo una opresión en el pecho, pues eso era exactamente lo que había planeado–. Algo así.

–Deberías habérmelo dicho –Andreas soltó un juramento–. De haberlo sospechado siquiera habría ido más despacio, con más cuidado.

–Estoy bien –murmuró Siena mientras recogía los zapatos y evitaba su mirada.

El aire estaba impregnado de un olor extraño y embriagador. Sexo.

Andreas entró en su campo de visión y, con una mano, le tomó la barbilla para alzarle la cabeza y obligarla a mirarlo.

–No me mires con esa cara de espanto porque fuera una virgen, Andreas.

–De haberlo sabido, jamás te habría tomado así –respondió él furioso.

–¿Por qué? –le provocó ella–. A fin de cuentas, así era precisamente como querías hacerme tuya. No he querido negarte el placer que hacer realidad tu fantasía.

Siena oyó sus propias palabras, pero se preguntó de dónde habría sacado el valor para pronunciarlas. Vio el rostro de Andreas volverse pétreo al mismo tiempo que daba un paso atrás.

–Deberías darte un baño. Seguramente te sentirás dolorida.

La frialdad de Andreas intimidó a Siena mucho más

que la ira que había manifestado instantes antes. Se negaba a creer que le importara tanto su virginidad como para haber deseado convertirlo en una experiencia más placentera. Y huyó de allí.

Andreas la vio marcharse y soltó un juramento. Había esperado sentirse más saciado y en paz tras hacerle el amor por fin. Resultaba casi cómico, pues nunca se había sentido menos saciado y en paz. La deseaba de nuevo, deseaba hacer que esos ojos volvieran a abrirse desmesurados, verla llegar a la cima y sentir el cuerpo agarrotarse en torno a su masculinidad con los espasmos del orgasmo.

Impacientemente, se mesó los cabellos y recogió su ropa. Minutos después, bajo la ducha, volvió a soltar un juramento. No había sido su intención violentarla en la parte trasera del coche y no había sido hasta llegar a la puerta de su apartamento que se había dado cuenta de que tenía sus bragas en la mano y que había estado dispuesto a tomarla allí mismo.

En un lejano rincón de su mente había encontrado la excusa de que había pretendido preparar el terreno para continuar en su apartamento. Fuera del coche, ella prácticamente le había escupido, y no podía culparla por ello. Nunca se había comportado así.

Debería haber recordado aquella noche en París, haber recordado cómo ella había logrado hacerle perder la cabeza. Pero mientras bailaban en el hotel, había sentido el impulso de llevarla a una suite, luego no era de extrañar que no hubiera podido resistirse a la tentación de tocarla en el asiento trasero del coche.

Cerró la ducha con brusquedad. Siena era virgen. El espejo le devolvió la imagen de un rostro de expresión feroz.

No se lo habría esperado ni en un millón de años. Una gran parte del resentimiento que albergaba por lo sucedido en París residía en el hecho de que la había creído una experimentada seductora. ¿Qué virgen se excitaba con un empleado de hotel? De no haber sido interrumpidos, habría descubierto su inocencia aquella misma noche.

Recordó la palidez de su rostro al tropezarse con él a la mañana siguiente. Recordó la expresión en sus ojos cuando le había confesado que la habría tomado contra la pared del vestidor. Lo había dicho porque se sentía traicionado, un imbécil, y porque la había creído experimentada, como todas esas debutantes.

Lo gracioso era que Siena había sido sincera. ¿Cómo demonios había permanecido virgen todo ese tiempo? Andreas sintió el impulso de golpear algo con el puño.

Oyó un débil ruido al otro lado de la puerta del baño y salió con una toalla enrollada alrededor de la cintura. Siena lo esperaba envuelta en un enorme albornoz y con los cabellos húmedos. Y Andreas sintió reaccionar su cuerpo al instante.

—¿Sí? —preguntó secamente.

—Solo quería que supieras que el hecho de que hayas sido el primero no ha significado nada. Y también que tienes razón, debería habértelo advertido. Pero pensé que...

Tras un instante de titubeo, ella continuó.

—Pensé que no te darías cuenta. No sabía que fuera tan evidente.

Siena hubiera querido que se le tragase la tierra y bajó la mirada al suelo.

—Quizás para otros hombres no habría resultado tan evidente, pero yo lo supe —asintió él.

Siena se ruborizó, imaginándose la clase de hombre que su padre habría elegido para casarla, algún viejo lascivo con mentalidad medieval.

—Sí, bueno, solo quería asegurarte que esto no cambia nada.

Ella levantó la vista, cautivada por la imagen, casi desnuda, de Andreas. La ridícula toalla apenas ocultaba la intensa masculinidad. Sintió tensarse los músculos al recordar cómo la había penetrado, cómo la había llevado a la cima.

Y de repente comprendió el error cometido al regresar para darle una explicación y se dio media vuelta para marcharse. Pero Andreas se interpuso entre ella y la puerta.

–¿Adónde creer que vas?

–A mi habitación –ella tragó con dificultad–. A la cama.

–Hay una cama estupenda aquí mismo –él sonrió travieso.

Siena palideció. Dudaba mucho que fuera capaz de repetirlo. Le escocía y le dolía todo el cuerpo.

–No te preocupes –Andreas parecía haberle leído la mente–, creo que es demasiado pronto, pero hay otros modos de obtener el mismo resultado.

Tomando a Siena de la mano, la condujo sin resistencia alguna hasta la cama. Sentándose la colocó entre sus piernas. La toalla se abrió y la excitación de su cuerpo se hizo más que evidente.

Cuando le desató el albornoz, ella se sintió absurdamente tímida e intentó evitarlo, pero ese hombre era demasiado fuerte y la prenda cayó al suelo. Estaba desnuda ante él.

Andreas contemplaba fijamente los pechos y Siena los sentía inflamarse, tensarse los pezones. Se sentía exasperada. ¿Cómo podía provocarle esa reacción solo con mirarla?

Andreas la agarró firmemente de la cintura y la atrajo hacía sí para poder deslizar la lengua por esos pechos. Siena sentía deseos de gritar. La primera vez había pasado tan rápido que no había podido ni respirar, ahogándose en las sensaciones antes de asimilarlas.

La lenta y sensual tortura resultaba casi abrumadora. Con un ágil movimiento, él la atrapó en el instante en que las piernas empezaban a flaquearle y la tumbó sobre la cama.

—Te había entendido que...

—Calla —susurró él.

Siena sintió una punzada de inquietud al comprender que confiaba en ese hombre. No le haría daño ni le obligaría a ir más allá de lo que se sintiera capaz. La masculina boca había cubierto sus labios y las manos masajeaban los pechos. Y Siena abandonó todo pensamiento coherente.

Al cabo de unos instantes, la mano se deslizó entre sus muslos y buscó la fuente de humedad y calor. Siena movía frenética las caderas. Deseaba que Andreas la tomara de nuevo y al diablo el dolor. Pero él jamás haría tal cosa.

Casi gritando de frustración, lo sintió deslizarse hacia abajo hasta que la boca ocupó el lugar de la mano. No era la primera vez que la tocaba de ese modo, pero en esos momentos la sensación fue mucho más íntima. Era consciente de la patética imagen que debía ofrecer con las piernas abiertas y las manos aferradas a la cabeza de Andreas, el corazón latiendo desbocado y respirando entrecortadamente.

Andreas encontró el sensible clítoris y jugueteó con él con la lengua mientras introducía dos dedos dentro de su cuerpo. Era precisamente lo que Siena deseaba y necesitaba. Arqueó la espalda y las caderas casi despegaron de la cama mientras se transformaba en un ser primario, centrada únicamente en la boca y los dedos de Andreas que aumentaban la tensión de su cuerpo hasta hacerle gritar antes de saltar de la cima.

Durante largo rato después, a Siena le pareció flotar con saciado letargo antes de abrir los ojos y comprender que Andreas la había tumbado en su cama y la estaba tapando con las sábanas. Sin que se diera cuenta, la había llevado en brazos hasta su habitación tras casi dejarla sin sentido.

Siena cerró apresuradamente los ojos. No quería ver la expresión en su rostro y no se sentía cómoda con las ambiguas emociones que sentía porque la hubiera llevado a su cama. Al fin oyó pasos que abandonaban el dormitorio y la puerta que se cerraba.

Todo su cuerpo vibraba de placer. Sin embargo, Andreas no había demandado su propio placer. Abrió los ojos y contempló la oscuridad. Jamás habría esperado de él que fuera un amante generoso.

Se sentía confusa y aturdida. Ingenuamente había esperado poder permanecer distante, inmune, ante una relación física con Andreas. Pero lo cierto era que en esos momentos se sentía de todo menos inmune. Tenía la sensación de ser un calcetín al que le hubieran dado la vuelta y ya no estaba muy segura de quién era.

Capítulo 7

S IENA viajaba al día siguiente en un coche con chófer, camino de un aeródromo privado. Por la mañana se había encontrado en la cocina con una alegre señora Bright que le había llamado la atención sobre una nota que le había dejado Andreas.

Aliviada por no tener que enfrentarse a él tan pronto, había leído la nota:

Tengo una reunión en París mañana por la mañana. Esta noche iremos a la ópera y dormiremos allí. Llévate lo necesario para la ocasión. Andreas.

A medida que se acercaban al aeródromo, Siena sentía crecer su nerviosismo por tener que ver a ese hombre que había explorado su cuerpo tan íntimamente para luego llevarla a la cama como si fuera un invitado indeseado.

Atravesaron la entrada y se dirigieron hacia un pequeño avión junto al que estaba aparcado el deportivo color plata del que Andreas sacaba una pequeña maleta y un traje.

Andreas se volvió ante la llegada del coche. Estaba muy serio y los nervios de Siena aumentaron varios enteros. No sabía cómo manejar la situación y se limitó a alisarse el vestido, sintiéndose vulnerable al pensar en la ropa que había elegido, junto con las joyas que él esperaría que llevara puestas porque, se recordó, ella se las había exigido.

Andreas se alegró de llevar puestas las gafas de sol que ocultaron el destello de lujuria que habían emitido sus ojos al ver descender a Siena del coche. Llevaba un vestido camisero de seda color champán, ceñido a la cintura con un ancho cinturón dorado. Los botones superiores estaban desabrochados y permitían adivinar el comienzo del canalillo, y los cabellos estaban sueltos sobre los hombros. Los pies iban calzados con unas sandalias doradas planas de estilo gladiador.

Tenía un aspecto descuidadamente cuidado, como solo podían tenerlo las mujeres que vestían las mejores prendas. De nuevo se regocijó al recordar que era suya, más de lo que hubiera podido imaginarse jamás. Sin embargo, para su desconsuelo, ese sentimiento de triunfo fue sustituido por otro de necesidad, como si supiera que jamás se saciaría de ella.

Deseaba arrancarle los botones a ese vestido y tomarla allí mismo, contra el coche. «¿Igual que la tomaste anoche en tu apartamento?», resonó una vocecilla en su cabeza mientras le invadía un sentimiento de vergüenza ante la locura desatada, la virginidad de Siena y el hecho de no haber podido evitar tocarla de nuevo.

Esa mujer lo convertía en un ser inútil. Durante las reuniones de aquella mañana, había perdido el hilo de las conversaciones en varias ocasiones. Su habitual compostura lo había abandonado.

Antes de ensimismarse en los inquietantes efectos colaterales de la presencia de Siena en su vida y en su cama, se acercó a ella para tomar el bolso de viaje.

En cuanto la tuvo cerca y pudo aspirar su aroma, fue incapaz de controlarse y, rodeándole el cuello con la mano que tenía libre, la besó apasionadamente en los labios.

Sin decir una palabra, la tomó de la mano y la guio hasta el avión.

Tras aterrizar en París, se dirigieron hacia el centro. Siena se sentía cada vez más nerviosa. Andreas prácticamente la había ignorado durante el vuelo y se preguntaba si esa sería su táctica: ignorar a sus amantes después de habérselas llevado a la cama.

El beso de bienvenida a los pies del avión la había pillado totalmente desprevenida, convirtiéndola en un manojo de nervios durante el resto del vuelo. Andreas, sin embargo, no parecía afectado y se había concentrado en el portátil mientras mantenía una discusión de negocios en español. Siena conocía ese idioma, y le había sorprendido oírle discutir el destino de los trabajadores de un hotel que acababa de comprar en México.

–No quiero que esa gente tenga que buscarse un nuevo trabajo. Necesitaré su experiencia cuando el hotel vuelva a abrir –había dicho él–. Quiero que les ofrezcas incentivos, o los ayudes a encontrar un trabajo temporal hasta que el nuevo hotel esté acabado.

La respuesta de su interlocutor le disgustó visiblemente.

–Por eso trabajas para mí, Lucas, y no al revés.

–Reconozco que no sé mucho de negocios –sorprendida mirándolo ella se había ruborizado–, pero ¿es esa una buena estrategia financiera?

–¿Estás de acuerdo con mi ayudante? –Andreas había sonreído–. Tienes razón, no lo es, pero se trata de una pequeña localidad en México de donde viene mi mentor y benefactor. Cuando me trasladé a Nueva York, trabajé en un hotel de Ruben Carro. Él enseguida reconoció mi potencial, y me instruyó para sucederle.

La mirada de Andreas se entristeció.

—No tenía familia ni herederos. Lo que sí tenía era un tumor cerebral inoperable. Creo que se solidarizaba conmigo porque le recordaba a sí mismo cuando llegó de México sin un céntimo. Cuando murió, me legó todos sus bienes con la condición de que mantuviera su buen nombre y que hiciera algo para intentar mejorar la vida en su ciudad natal. Comprar este hotel solo es el primer paso de un plan de desarrollo de infraestructuras y oportunidades de empleo.

—Es un plan muy ambicioso —había observado Siena.

—Es que soy un hombre ambicioso.

—¿Por eso tu cadena hotelera se llama Xenakis-Carro? ¿Es por él?

—Me enorgullece unir mi apellido al suyo —Andreas había asentido orgulloso—. Era un buen hombre y me ofreció una oportunidad. Es lo menos que puedo hacer.

Concluida la conversación, se había vuelto a enfrascar en el trabajo, dejando a Siena con una sensación opresiva en el estómago. Era evidente que la prensa se equivocaba, y aun así, Andreas ni siquiera se había molestado en defenderse cuando ella había utilizado esa información en su contra.

Siena regresó al presente cuando la familiar silueta de los Campos Elíseos se desplegó ante ellos. Empezaba a anochecer y se sintió tensa. Siempre le había gustado París... hasta la fiesta de debutantes. Hasta aquella noche. Desde entonces, cada visita a la ciudad le recordaba dolorosamente su ingenuidad y lo que le había hecho a ese hombre.

Andreas también miraba por la ventanilla del coche y parecía estar muy lejos. ¿Estaría recordándolo también? ¿La odiaría más que nunca? Siena se estremeció ligeramente y solo volvió a la realidad al comprobar dónde se había parado el coche.

–¿Se trata de alguna broma enfermiza? –Siena miró a Andreas que permanecía impasible–. ¿Regresamos a la escena del crimen?

–En absoluto, Siena –contestó él–. Yo no juego con esas cosas. Hemos venido aquí por cuestiones prácticas, dado que soy el dueño del hotel.

Siena contempló estupefacta la fachada del famoso hotel donde se seguía celebrando anualmente el baile de debutantes. Andreas bajó del coche y le abrió la puerta, y ella ya no vio nada más que la hermosa silueta. Jamás le había parecido tan atractivo ni peligroso.

–Ven –ordenó él con una mano extendida.

Luchando contra el infantil impulso de cruzarse de brazos y negarse, al fin aceptó la mano tendida y bajó del coche. Sin soltarse, entraron en el hotel donde el personal se deshizo en reverencias y saludos.

A Siena le sorprendió la reforma efectuada en el interior. El resultado era de lo más hermoso y se había eliminado la atmósfera excesivamente opresiva, pero sin descuidar su tradicional elegancia. Ahí estaba la explicación del fulgurante éxito de Andreas.

Tras hablar con alguien con aspecto de gerente, Andreas siguió adelante sin mirar a Siena. Seguía sin soltarle la mano cuando entraron en un ascensor privado. El encargado pulsó el único botón.

Siena empezaba a sentirse claustrofóbica e intentó soltar la mano, pero él la miró y la sujetó con más fuerza.

Después de lo que pareció una eternidad, el ascensor se detuvo y la puerta se abrió. Andreas saludó al encargado y entraron directamente en lo que solo podía describirse como un resplandeciente palacio de oro y crema con suelos de parquet y alfombras orientales. Los ventanales iban del suelo al techo y a través de ellos se veía la plaza de la Concordia, espectacularmente iluminada como un faro de oro.

Siena lo olvidó todo durante un segundo hasta que se dio cuenta de que Andreas la había soltado por fin y se dirigía al salón donde se quitó la chaqueta que lanzó a una silla.

–De modo que compraste el hotel en el que una vez fuiste un vulgar ayudante del gerente porque aquí tuviste la fantasía de acostarte con la debutante que te fastidió la vida. ¿No?

Andreas se volvió lentamente hacia ella y deshizo el nudo de la corbata para desabrocharse los primeros botones de la camisa.

–Debes tenerte en muy alta estima si crees que hice todo eso solo para que algún día pudiera acostarme contigo siete plantas por encima del lugar en el que una vez me engañaste como una niñata malcriada que se aburría entre el plato principal y el postre.

Siena se ruborizó. Lo que acababa de decirle era muy injusto, y una vez más supo que no podía contarle la verdad sobre aquella noche. Aunque la creyera, quedarían inmisericordemente expuestas a su cínico juicio tanto ella como su hermana.

Andreas salvó la distancia que los separaba y Siena sintió un nudo en la garganta dando instintivamente un paso atrás al sentir la penetrante mirada sobre ella.

–De eso nada –Andreas sacudió la cabeza y la agarró de la cintura–. Tenemos algo de tiempo antes de ir a la ópera y sé exactamente cómo invertirlo.

Ella apenas podía respirar mientras Andreas inclinaba la cabeza y la besaba. La sangre corrió como un torrente tensando cada una de sus terminaciones nerviosas.

Le parecía estar siendo devorada, empujada a un lugar donde solo existía la boca de Andreas sobre la suya. Le rodeó el cuello con los brazos y apretó el cuerpo contra el suyo. La masculina lengua era áspera y exigente y Siena emitió un gemido de lamento cuando apartó la boca para dibujar un rastro de besos hacia abajo por todo su cuerpo.

El ácido reproche sobre los motivos por los cuales había comprado el hotel se había clavado en las entrañas de Andreas, empujándolo a buscar una satisfacción física. Pero cuando alzó la cabeza para respirar y contempló los ojos de Siena, no hubo escapatoria.

En contra de lo que había asegurado, tuvo que admitir que en cuanto había sabido que el hotel estaba disponible había decidido, con un entusiasmo que sobrepasaba lo meramente comercial, que tenía que ser suyo. Sin embargo, al regresar a aquel lugar como su triunfal propietario no había sentido la satisfacción que había esperado. Más bien un vacío.

Andreas intentó borrar los incómodos pensamientos de su cabeza. Algo llamó su atención y se dio cuenta de que la única joya que llevaba puesta Siena era la gargantilla con la jaula del pájaro. Por algún motivo, el detalle le puso nervioso, como si encerrara algún mensaje oculto que no acertaba a comprender.

–Espero que hayas traído algo más que esto –observó mientras tocaba la cadena de oro.

–Por supuesto –ella se ruborizó y evitó mirarlo a los ojos.

La voz ronca de Siena le hizo perder el control. Con un movimiento suave y sin esfuerzo, la tomó en sus brazos y la llevó hasta el dormitorio principal.

–Esta vez –anunció inflexible–, lo haremos en el dormitorio.

Siena despertó dos horas después al sentir unos dedos deslizarse por su espalda. La sensación era deliciosa, y aun así le parecía que nunca iba a poder volver a abrir los ojos. Frunció el ceño y murmuró algo incoherente.

–Vamos, no nos queda mucho tiempo para arreglarnos.

Siena abrió los ojos de golpe al oír la profunda y oscura voz. Andreas estaba sentado en el borde de la cama, cubierto únicamente por una pequeña toalla, oliendo a limpio y fresco, y con los cabellos húmedos. Acababa de ducharse.

Se puso de pie y dejó caer la toalla al suelo dirigiéndose al armario en busca de su ropa. Siena no pudo evitar admirar la leonina elegancia de su cuerpo. Seguía impresionada por lo que acababa de suceder, por el modo en que Andreas la había desnudado, tumbado sobre la cama y explorado todo su cuerpo, convirtiéndola en un ser jadeante y suplicante.

Apenas había conseguido evitar gritar cuando él se había agachado entre sus piernas, sometiéndola con maestría a una tortura que la había llevado casi a la cima, pero no del todo, hasta que sus ojos lloraron lágrimas de frustración.

Siena se sentó en la cama y aprovechó que Andreas se había metido en el cuarto de baño para ponerse de nuevo el vestido. Le faltaban unos cuantos botones y se sonrojó al recordar las torpes maniobras de las grandes manos y cómo, al no conseguir desabrocharlos, los había arrancado de un fuerte tirón.

Andreas regresó y Siena corrió al cuarto de baño, evitando en todo momento sus ojos, cerrando la puerta contra la que apoyó la espalda. Aún con el sensual aroma masculino en su nariz, cerró los ojos e intentó convencerse de que iba a ser capaz de sobrevivir y terminar la semana intacta.

Andreas oyó la ducha y se imaginó el agua deslizándose por el cuerpo de Siena. La erección fue instantánea. Echándole la culpa al gemelo que no conseguía cerrar, soltó un juramento.

Cerró los ojos y vio a Siena, desnuda, boca abajo en la cama, tal y como la había visto instantes antes. El hermoso rostro tenía una expresión inocente y casi infantil.

La segunda vez que le había hecho el amor no había tenido nada que ver con la locura de la primera. Deslizarse en su interior había sido inquietante, como si estuviera tocando una parte de sí mismo profundamente enterrada. Nunca antes había perdido tanto la cabeza al hacerle el amor a una mujer.

Había esperado sentirse embriagadoramente triunfal después, a fin de cuentas había logrado lo que tanto había deseado: tener a Siena deshecha y desnuda en su cama

Ella había gritado mientras hacían el amor. Había llorado, suplicándole que la dejara llegar, que dejara de torturarla. Y a él no le había gustado lo mucho que le habían afectado sus lágrimas, haciéndole sentirse culpable.

El castigo había sido para ambos, y cuando ella al fin había llegado, la fuerza de su orgasmo casi había sido demasiado para él.

Lo cierto era que no había esperado que el sexo con Siena fuera tan bueno. La había imaginado fría, distante, demasiado preocupada por su aspecto para permitirse ser realmente sensual. Pero esa mujer le estaba haciendo perder la cabeza.

La ducha se interrumpió y Andreas sintió una repentina punzada de pánico. No podía asegurar que, si salía de ese cuarto de baño, no fuera a tomarla de nuevo y al demonio la ópera.

En su vida solo había habido una mujer que le hubiera hecho cambiar de planes. Y el que la hubiera he-

cho regresar a su lado no decía nada bueno de su fuerza
de voluntad.

El miedo a hacer esperar a su padre había dotado a
Siena de la habilidad para arreglarse en un tiempo ré-
cord, de modo que no le extrañó el gesto de sorpresa
de Andreas al verla aparecer en el salón poco rato después.

Los ojos desmesuradamente abiertos despertaron
una cálida hoguera en su estómago. Era lógico, pues el
vestido era exquisito. Era de gasa rosa incrustada en oro
y dejaba un hombro al aire, y se abrazaba a su pecho y
cintura antes de caer hasta el suelo. Los cabellos estaban recogidos en un moño y de las orejas colgaban unos
pendientes de diamante rosa.

–¿Estoy bien así? –preguntó ella, absurdamente nerviosa.

–Sabes que sí, Siena –Andreas sonrió–. Estoy seguro
de que no necesitas mis cumplidos.

Siena se ruborizó. No era un cumplido lo que había
perseguido. Andreas estaba espectacular con el frac
negro y pajarita, también negra. Sus cabellos resplandecían, todavía húmedos, y sus ojos parecían dos gemas.

–Deberíamos irnos o nos perderemos el primer acto.

–¿Qué ópera es?

–*La Bohème* –contestó él, mirándola fijamente mientras abría la puerta.

–Es mi ópera favorita –Siena no pudo evitar una expresión de placer.

–También la mía –contestó él secamente mientras
entraban en el ascensor privado–. Quizás al final resulte
que tenemos algo en común.

La sensación de placer murió al instante. Andreas aludía sin duda a la disparidad de sus orígenes. No sabía mucho sobre su infancia, pero sí que había sido bastante humilde.

–¿Tu familia es numerosa? –preguntó ella en el asiento trasero del coche.

Él la miró desde la penumbra y ella sintió la tensión de su cuerpo.

–Tengo cinco hermanas más pequeñas que yo, y mis padres –contestó al fin.

–No lo sabía –la curiosidad de Siena no hizo más que aumentar–. ¿Estáis unidos?

Se notaba perfectamente la potente mandíbula encajada. Era evidente que no le gustaba hablar de ello.

–Yo solo tengo a Serena –le confió Siena con nerviosismo–. Siempre me pregunté cómo sería... –a punto de confesar su deseo de tener un hermano mayor, se interrumpió. Ella ya tenía un hermano mayor.

–¿Cómo sería el qué? –preguntó él, encantado de desviar la atención sobre ella.

–Cómo sería tener más hermanos.

–¿Más hermanas para que tu padre las paseara como si fueran princesas de hielo? –Andreas enarcó una ceja–. Mi familia no es tema de conversación. Venimos de mundos muy diferentes, Siena, no necesitas saber más.

Aquello fue como una bofetada y Siena se reclinó en el asiento y miró por la ventanilla. La pequeña incursión en la vida de Andreas la había intrigado, pero se reprochó en silencio el interés mostrado. Ser el único varón seguramente había alimentado su deseo de triunfar.

Llegaron a la ópera. Andreas bajó del coche y le abrió la puerta ofreciéndole una mano con gesto autoritario. A Siena le hubiera gustado rechazarla, pero debía pensar en su hermana, ingresada en una unidad psiquiátrica en Inglaterra, que dependía de ella.

Tres noches después, Siena esperaba a Andreas en el apartamento de Londres.

Desde la velada en París, el ambiente se había enfriado visiblemente entre ellos, aunque tampoco es que hubiera sido muy cálido antes. Andreas apenas le había dirigido dos palabras más aquella velada y, al regresar al hotel, le había anunciado que tenía trabajo antes de desaparecer en el interior de un despacho de la suite.

A la mañana siguiente había despertado para comprobar que nadie había dormido a su lado. A Siena no le había gustado la inseguridad que se había apoderado de ella mientras había esperado a Andreas, ocupado con sus reuniones, para regresar a Londres.

Sin embargo, aquella noche, ya de regreso en Londres, él la había llevado directamente a su cama para hacerle el amor con tal intensidad que no había podido mover ni un músculo después. A Siena no le gustaba comprobar lo dispuesta que se mostraba a lanzarse en sus brazos, ni la sensación de alivio que había sentido al recibir nuevamente sus atenciones. ¿Tan patética y débil era tras una vida sometida a su padre como para dar la bienvenida a esa clase de trato? Se aferró al hecho de que pronto sería nuevamente independiente y que había accedido a ese acuerdo por un fin que justificaba cualquier medio.

Al día siguiente, Andreas se había mostrado igual de frío y distante, confirmándole que ese sería su comportamiento fuera de la cama. Por un lado sintió alivio. Lo último que necesitaba era que Andreas la sedujera y fingiera que lo suyo era algo que jamás llegaría a ser.

La noche anterior habían acudido a una gala benéfica para recaudar fondos para niños heridos en países en guerra, con el fin de trasladarlos a Europa para recibir asistencia médica.

A Siena se le habían llenado los ojos de lágrimas al escuchar la historia de una hermosa joven afgana. La habían disparado siendo adolescente y gracias a los fondos recaudados había sido trasladada a los Estados Unidos de América para ser operada. Desde entonces trabajaba con éxito en las Naciones Unidas.

Pero no había sido hasta que el presentador de la gala había solicitado la presencia del director de la fundación benéfica que Siena había comprendido que aquello era obra de Andreas. Estupefacta, había escuchado el apasionado discurso sobre la necesidad de impedir que los niños sufrieran las consecuencias de los conflictos armados.

–¿Cómo te implicaste en algo así? –había preguntado ella tras finalizar el discurso.

La expresión severa de Andreas le había recordado que se estaba desviando del camino trazado, el de la amante muda y sumisa, y había sentido un repentino deseo de marcharse de allí. Lo único que se lo había impedido había sido, como siempre, pensar en Serena.

–En México hubo un niño que quedó atrapado en el fuego cruzado entre dos bandas de narcotraficantes. Ruben organizó su traslado a Nueva York, pero desgraciadamente el niño murió. Tengo ocho sobrinos que dan por hecho su seguridad, como deber ser. El crío de México me hizo abrir los ojos. Y tras su muerte sentí la necesidad de hacer algo más.

Para entonces, Siena ya había comprendido que no podía fiarse de los prejuicios que tenía sobre la clase de hombre que era Andreas. No era ni avaricioso ni inmoral.

–¿Te gustaría tener hijos? –Siena había ignorado la orden de no hablar de su familia.

–¿Por qué, Siena? ¿Te estás ofreciendo a convertirte en la madre de mis hijos? Así podrías criar a las niñas para seguir tus pasos y que engañaran a otros hombres, haciéndoles caer tan bajo que sus vidas estallaran en pedazos. Quizás si tuviésemos una hija, la llamarías Estella, la heroína de Dickens que sedujo al pobre Pip con su belleza para luego aplastarlo como...

–Tú no eres Pip, Andreas –había respondido ella con calma mientras doblaba la servilleta y se ponía en pie–. Y me parece que no recuerdas bien la historia, pues la víctima era Estella.

Cegada por las lágrimas, había corrido a los aseos encerrándose en el interior. Le había sorprendido la intensidad del dolor que había sentido, y la mezcla de vergüenza y culpabilidad que le había agarrotado el estómago ante el panorama descrito por Andreas.

Él jamás se imaginaría lo crueles que habían sido sus palabras.

De pequeña solía mirar por la ventana de su dormitorio de Florencia y contemplar a los niños pasear por la plaza con sus padres. Había visto amor y risas, y había sentido dolor físico al imaginarse cómo sería poder amar y ser amada. Tener hijos y ofrecerles la seguridad y el afecto que ella jamás había conocido. Pero hasta que Andreas había pronunciado esas horribles palabras, no se había dado cuenta de que ese deseo seguía vivo.

Una vez recuperada la compostura, había regresado junto a un impaciente Andreas al apartamento. En el coche se había mantenido encogida, apartada de él, incapaz de soportar siquiera que la tocara.

–¿Aseguras que Estella era la víctima? –había preguntado él con voz ronca–. Pues desde mi punto de vista se la ve muy fuerte.

Andreas había alargado una mano hacia ella, y Siena se había resistido con todas sus fuerzas, odiándolo con cada fibra de su ser. Pero con una impresionante habilidad, él había derribado sus defensas, su ira, hasta que sucumbió al tórrido deseo.

Para cuando llegaron al apartamento, ella ya había olvidado lo dolida que estaba y solo había podido pensar en la liberación que únicamente Andreas sabía proporcionarle.

–Deberíamos irnos o llegaremos tarde.

La firme voz de Andreas la devolvió bruscamente al presente. Se volvió hacia él y se preguntó si alguna vez superaría la impresión que le producía verle vestido de frac. Siena recogió el bolso y el echarpe. Por primera vez sintió la armadura protectora del brillante vestido negro de diseño. El pesado diamante que colgaba del cuello, los pendientes y la pulsera la mantendrían anclada al suelo. No podía permitirse el lujo de dejarse llevar.

Si Andreas supiera lo vulnerable que era, la aniquilaría.

Capítulo 8

CONDUCIR el deportivo le permitía a Andreas mantener la mente y las manos ocupadas. No quería quedar nuevamente en evidencia demostrando que era incapaz de pasar siquiera unos minutos sin tocarla.

Pensó en la bomba interna que había detonado ella al preguntarle si quería tener hijos. No era la primera amante que le había preguntado si deseaba ser padre, y él siempre había reaccionado con una mirada fría y terminando fulminantemente la relación. Sin embargo, ante la pregunta de Siena había sentido algo muy inquietante, pero no el habitual rechazo que solía provocarle. ¿Había hecho algo que le hubiera dado pie a hacer la pregunta? ¿Sabía ella que una semana no bastaría, que iba a desear más?

En ese momento, Andreas sí se había sentido como Pip persiguiendo a una hermosa e inalcanzable Estella, condenado para siempre al fracaso.

Necesitaba mantener las distancias, como había empezado a hacer en París. Demasiadas cosas le inquietaban: el comentario de Siena sobre sus motivos para comprar el hotel, el creciente deseo que sentía por ella, y la manera en que le interrogaba sobre su familia.

Parte del rechazo juvenil de Andreas hacia su familia había resurgido tras la humillación sufrida en París años atrás. Su marcha de Europa había sido precipitada, y sabía que a sus padres les había disgustado. Jamás habían comprendido su deseo de triunfar, su miedo irracional a no conseguirlo en una ciudad pequeña, sobre todo tras la muerte de Spiro.

Andreas se recordó que la suya no era una relación como cualquier otra. Con otras amantes solía hacer un esfuerzo, hablaba de naderías y se mostraba ingenioso y encantador. Pero con Siena sentía la necesidad de alcanzar una meta, curar la fiebre, exorcizar los demonios. Y muy convenientemente ignoró el hecho de que no parecía estar más cerca de esa meta que unos días atrás.

Un par de horas después, Siena tenía los pies doloridos por culpa de los altos tacones. Se preguntó qué pensaría Andreas si supiera que, en contra de la opinión que tenía de ella, habría dado un brazo por no volver a asistir a esa clase de fiestas. Un hombre alto y de cabellos oscuros se acercó a Andreas que lo saludó efusivamente con una encantadora sonrisa que Siena jamás había visto en su rostro.

–Te presento a Rafaele Falcone –le presentó–, de Industrias Falcone. Acaba de mudarse a Londres para expandir su dominio en la industria del motor.

A Siena no le resultaba desconocido el nombre y, sonriendo, le estrechó la mano a ese hombre, tan alto y robusto como Andreas. Tenía unos preciosos ojos verdes y ella tuvo fugazmente el deseo de sentir algo por él que le demostrara que Andreas no dominaba todos sus sentidos. Sin embargo, al estrechar su mano no sintió nada.

–Si te aburres con Xenakis –la saludó el otro hombre con una radiante sonrisa–. Llámame.

Coqueteando descaradamente con ella, le ofreció una tarjeta y ella sonrió divertida. Andreas alargó una mano y la tarjeta desapareció entre sus dedos antes de que le rodeara la cintura con un brazo y la atrajera hacia sí.

—Te llamaré, Xenakis —Rafaele alzó las manos en gesto de rendición—. Me interesa saber qué tal te ha ido ese negocio, y el mes que viene voy a lanzar un nuevo coche que creo que te gustará...

La mirada de Rafaele se posó en Siena que se ruborizó intensamente.

El otro hombre se marchó y Andreas, lívido, se volvió hacia ella, que dio un paso atrás.

—Ni se te ocurra.

—¿El qué? —preguntó ella confusa.

—Falcone está fuera de los límites.

Siena era consciente de que la ira que se desató en ella provenía más de la frialdad de Andreas durante los últimos días que del comentario que acababa de hacerle.

—¿Cómo te atreves? Cuando hayamos terminado, podré hacer lo que me plazca, y esa es mi intención. Y si me apetece tener una apasionada aventura con Rafaele Falcone, entonces ten por seguro que lo llamaré.

La expresión de Andreas le provocó un escalofrío. Parecía capaz de ejercer la violencia.

—Eres mía, Siena —rugió—. De nadie más.

—Una semana, Xenakis —espetó ella—. Seré tuya durante una semana. Fuiste tú quien estableció la duración —de repente sintió un vacío en el estómago—. Y quedan dos días. ¿Tanto disfrutas de mi compañía que te habías olvidado? ¿A lo mejor te apetece más?

Siena no supo de dónde surgieron las palabras envenenadas que pronunció después.

—Si tanto te preocupa mantenerme alejada de las camas de otros hombres, te va a costar mucho más que una cuantas baratijas.

—¿Así es como te recuperas económicamente de la

espectacular ruina de tu padre? No sé de qué me sorprendo.

A Siena le llevó varios segundos comprender que las palabras no habían surgido de los labios de Andreas. Miró a su izquierda y la sangre abandonó su rostro.

Rocco DeMarco. Su hermanastro.

—DeMarco —Andreas lo saludó secamente.

—Xenakis —los ojos marrones abandonaron momentáneamente el rostro de Siena para posarse en Andreas—. Veo que mi hermanastra, Siena, ha encontrado un benefactor que le permita conservar el estilo de vida al que está acostumbrada.

—Me has reconocido...

—Seguí muy de cerca, y con gran interés, la caída de nuestro padre —los ojos marrones volvieron a posarse en Siena. Al parecer tu hermana y tú habéis caído de pie.

—Esto... esto no es lo que parece —contestó ella con un hilillo de voz.

—¿De verdad crees que sería capaz de olvidarte? —espetó él con una expresión gélida—. ¿Después de cómo Serena y tú me pisoteasteis como si fuera basura tirada en la calle? En cuanto a nuestro padre ¿tienes noticias de él?

Siena sacudió la cabeza. ¿Cómo explicarle a ese hombre que odiaba a su padre casi tanto como lo odiaba él?

Una bonita pelirroja se acercó a Rocco y lo tomó del brazo. El cambio en la expresión de su hermano fue inmediato, pero, al volverse hacia Siena, el hielo apareció de nuevo en su mirada.

—Te presento a mi esposa, Gracie. Gracie, quiero que conozcas a Siena, la pequeña de mis hermanastras.

Siena percibió la tensión en la otra mujer, acompañada de una expresión de desconfianza en la mirada. Estaba claro que comprendía la situación. No obstante, se estrecharon la mano y fue entonces cuando resultó evidente que estaba embarazada. Una punzada atravesó a Siena al comprender que quizás tuviera algún sobrino o sobrina.

—Por tu expresión me parece que Siena no te ha hablado de nuestras conexiones familiares —Rocco se dirigió de nuevo a Andreas—. Ni tampoco te habrá contado cuando mi padre me derribó de un puñetazo como si no fuera más que un perro callejero.

—Rocco... —intervino su esposa.

—Solo tenía doce años —Siena se dirigió suplicante a la otra mujer—. No era lo que parecía.

La compasión que reflejaba la mirada de la esposa de Rocco era abrumadora. Siena se soltó de Andreas, incapaz de mirarlo a la cara, y huyó de aquel lugar. Ya no le cabía ninguna duda de que ella y su hermana estaban solas en la vida. Siempre se había temido que no podría acudir a su hermanastro, pero verlo tan claro era diferente.

En su interior había albergado la fantasía de que un día podría explicarle a Rocco que no eran tan diferentes, que tenían un enemigo común: su padre.

La garganta le ardía mientras intentaba suprimir su emoción, esperando la aparición de Andreas en cualquier momento. No iba a permitir que huyera de esa manera, no cuando tenía una misión que cumplir a su lado.

—¿Por qué nunca me dijiste que Rocco DeMarco era tu hermanastro?

—No me pareció relevante —contestó ella sin volverse hacia la voz.

—¿No te pareció relevante? —bufó Andreas—. Es uno de los empresarios más importantes del mundo.

Siena se volvió hacia Andreas que la miraba con una expresión a mitad de camino entre el asco y la confusión. Y optó por el ataque frontal para ocultar sus sentimientos.

–Como has podido comprobar, me odia, y a mi hermana también. ¿Por qué iba a importarme el hijo bastardo de mi padre, nacido de una vulgar prostituta?

Siena sintió desgarrársele las entrañas ante sus propias palabras. Era justo lo contrario de lo que pensaba.

–Cierto –asintió Andreas con una extraña expresión antes de dirigirse hacia la calle.

–¿No quieres volver a entrar? –Siena titubeó unos segundos antes de seguirlo.

–Rocco DeMarco y su mujer son amigos míos –contestó él secamente–. No quiero obligarles a marcharse porque estés conmigo. Les dije que me iría yo.

Un intenso dolor agarrotó a Siena mientras el aparcacoches les llevaba el vehículo y entregaba las llaves a su propietario. Solícito, Andreas le abrió la puerta antes de acomodarse tras el volante. Ella tenía la impresión de que lo suyo estaba a punto de terminar y tras un silencioso trayecto hasta el apartamento, él mismo se lo confirmó.

–Dispondré lo necesario para que un guarda de seguridad te acompañe mañana a la joyería –le anunció en cuanto entraron en el apartamento–. Así podrás disponer de tu dinero.

–Pero, aún quedan dos días –balbuceó ella patéticamente.

–He tenido suficiente con cinco –espetó Andreas con frialdad.

Siena se sentía aturdida, como si Andreas la hubiera levantado en vilo para dejarla caer al suelo. Y sin embargo ¿qué otra cosa podía esperar?

Ese hombre había evitado toda conversación sobre temas personales, en realidad sobre cualquier tema, y aun así, aquella noche había sentido un atisbo de esperanza al verlo reaccionar con tanta posesividad cuando Rafaele había coqueteado con ella.

Seguramente no había sido más que una pose. Estaría más que encantado de verla en brazos de cualquier otro hombre cuando acabara con ella. Y ya había acabado.

Se odió a sí misma por no sentirse aliviada. Humillada, no le quedó más remedio que reconocer que, a pesar de convencerse a sí misma de que solo estaba con Andreas por su hermana, era mentira. Ese hombre siempre había sido el objeto de su fantasía, aún a sabiendas de que solo la había utilizado para vengarse.

Un intenso frío se instaló en su interior. Lo único bueno que podía surgir de todo aquello era la ayuda para su hermana y no tenía ningún derecho a imaginarse otro escenario.

—Entonces, buenas noches –Siena se obligó a decir algo. Era evidente que Andreas no la tocaría más aunque su vida dependiera de ello. A punto de marcharse, oyó su voz.

—En realidad es adiós, Siena. Mañana por la mañana ya no estaré. Salgo para Nueva York.

—Lo siento, Andreas –ella se volvió, incapaz de contener el torrente de palabras que salían por su boca–. No fue mi intención...

Y antes de que él pudiera decir nada, se marchó corriendo.

Andreas se quedó contemplando el espacio vacío que Siena había dejado y quiso correr tras ella, preguntarle qué había querido decir con «no fue mi intención». Quiso tomarla en sus brazos y volver a llevársela a la cama.

Pero eso no bastaría. Jamás sería suficiente. Su cuerpo se consumía de necesidad, incluso después de la desagradable escena con su hermanastro.

Había sentido el dolor de Rocco e imaginado a las dos princesitas de ojos azules pisoteando al hermano caído en el suelo.

Había despertado toda su ira y rabia, olvidada con demasiada rapidez en el ardor de la pasión o cuando Siena lo miraba con sus enormes ojos azules.

Había olvidado que la semana estaba a punto de concluir, hasta que ella se lo había recordado. Su primer impulso había sido anunciarle que la dejaría marchar cuando decidiera hacerlo.

Afortunadamente había reprimido el impulso porque esa mujer estaba contando cada día y calculando cuánto dinero se sacaría gracias a él.

Ver a su amigo Rafaele Falcone coquetear con ella le había puesto celoso. Y al ver cómo ella le había sonreído... se le había caído la venda de los ojos y había comprendido lo peligrosamente cerca que había estado de convertirse en el esclavo de esa mujer.

Buscarla había resultado ser un tremendo error.

Londres, un mes más tarde

Andreas entró en su apartamento. Estaba agotado. Había alargado el viaje de negocios a Nueva York sin querer plantearse por qué postergaba tanto su regreso a Londres. Lo recibió un profundo silencio. Estaba solo.

Al entrar en el salón tuvo la imagen de Siena volviéndose para mirarlo, con su vestido negro. Perfecta. Hermosa. Soltando un juramento, salió de la estancia.

En la cocina se despertó en él el recuerdo de la conversación entre Siena y la señora Bright a propósito del horno, o el de Siena sentada desayunando un cruasán.

Recriminándose por lo ridículo que estaba siendo,

abrió la puerta del dormitorio de Siena. Aún persistía débilmente su aroma, aunque lo suficiente para que la temperatura de su entrepierna subiera varios grados. Y entonces, algo le llamó la atención.

Aunque no podría asegurarlo, casi estaba seguro de que en el vestidor se encontraba cada una de las prendas que le había comprado, incluso el vestido rosa que había llevado la noche en que la había tomado contra la pared. Andreas se sintió ruborizar.

Podría haber conseguido una fortuna vendiendo esa ropa, y aun así la había dejado toda. Una extraña sensación le agarrotó el estómago y corrió al estudio. Sin embargo, la caja fuerte estaba completamente vacía.

Durante un segundo había pensado que también habría dejado las joyas. Porque... ¿Por qué? «¿Creías que quizás había empezado a sentir algo por ti?», se burló de sí mismo.

Impregnado de un desagradable sudor frío, descolgó el teléfono. Tenía que asegurarse.

–Sí, señor Xenakis. Vino aquella mañana y devolvió cada pieza de joyería. A cambio, le entregamos una suma de dinero muy respetable. Una joven muy agradable.

Andreas no quiso entrar en la conversación sobre los encantos que Siena DePiero era capaz de desplegar cuando le convenía, y estaba a punto de colgar cuando su interlocutor habló de nuevo.

–En realidad, sí hubo un objeto que insistió en quedarse. Voy a consultarlo.

Era evidente que estaba repasando alguna lista y Andreas se mordió el labio impaciente.

–Eso es, aquí está. Decidió quedarse la pequeña gargantilla de Angel Parnassus, e insistió en pagarla con su propio dinero.

Andreas se despidió del joyero y colgó. No sabía por

qué, pero la elección de esa cadena con una jaula de pájaro le había puesto nervioso desde el principio.

Soltando un enésimo juramento, se dirigió a su habitación y se cambió para asistir a la recepción de boda a la que estaba invitado en uno de los hoteles de su propiedad.

La breve aventura con Siena DePiero había concluido y en el fondo le daba igual por qué había decidido quedarse una pieza de oro de tan poco valor. Tampoco quería pensar en que estaría en alguna parte de la ciudad, viviendo de su dinero y, sin duda, seduciendo al siguiente multimillonario que fuera lo bastante estúpido como para caer bajo su hechizo.

Una repentina y vívida imagen de Siena con Rafaele Falcone apareció en su mente y tuvo que respirar hondo para aliviar la desagradable sensación en su estómago.

Que se fuera al infierno. Había terminado con ella. Que le aprovechara a Rafaele.

Siena se apartó de otro grupo de invitados que apenas la miraron tras servirse de los canapés que portaba en una pesada bandeja y ella agradeció el anonimato. Llevaba dos semanas en ese trabajo y era consciente de la suerte que había tenido al encontrarlo.

Hasta el último penique que había conseguido con la venta de las joyas había ido a parar al tratamiento de Serena. Había pasado una emotiva tarde con su hermana, asegurándole que estaba bien. No se arrepentía de lo que había hecho.

Únicamente por la noche, tumbada en la cama de un apartamento tan mugriento como el anterior, se lamentaba por haber vuelto a engañar a Andreas. Jamás olvidaría el modo en que la había mirado la última noche, ni el doloroso encuentro con su hermano.

Se dirigía hacia otro grupo de invitados cuando uno de los hombres se volvió ligeramente. Siena se paró en seco y su estómago dio un vuelco. No podía ser. El mundo no podía ser tan cruel.

Andreas Xenakis miró fugazmente en su dirección, reconociéndola espantado.

Dándose media vuelta, ella se marchó en dirección opuesta, imaginándose que quizás no la hubiera reconocido. Seguramente pensaría que se había equivocado porque daría por hecho que estaría navegando en algún yate, tomando el sol, gastándose el dinero.

Sin embargo, su equivocado juicio se confirmó cuando una fuerte mano la agarró del hombro y la obligó a girarse con tal violencia que la bandeja aterrizó boca abajo sobre la mullida, y carísima, alfombra.

Siena se soltó de inmediato y se agachó para recoger la bandeja, aterrorizada ante la posibilidad de que su estricto jefe se hubiera dado cuenta. Andreas también se agachó.

–Por favor, déjame –siseó ella–. No puedo permitirme el lujo de perder este empleo.

–¿Cómo puede ser? –preguntó él con fingida dulzura–. Hace tan solo unas semanas conseguiste una pequeña fortuna que no puedes haberte gastado tan pronto.

–Por favor, finge que no me has visto –Siena terminó de recoger el último de los destrozados canapés y miró a Andreas–. Por favor. De haber sabido que estarías aquí...

–Señor Xenakis ¿va todo bien?

–No, no va todo bien –espetó Andreas al jefe de Siena que se puso lívido.

Avergonzada, Siena se ruborizó violentamente. Todo el mundo los miraba.

–Lo siento, pero van a tener que arreglárselas sin ella –Andreas le quitó la bandeja a Siena y se la entregó a su jefe antes de tomarla de la mano–. Se ha despedido.

–¡No es verdad! –exclamó ella–. ¿Cómo te atreves?

Sin embargo, sus palabras se perdieron mientras él la arrastraba fuera del salón.

Solo se paró un segundo al cruzarse con un estupefacto novio y la resplandeciente novia.

–Lo siento. Ha surgido algo. Os deseo todo lo mejor.

Al llegar a un pasillo vacío, Siena al fin consiguió soltarse y se detuvo. Temblaba de pies a cabeza por la adrenalina y el horror.

–¿Cómo te atreves a hacer que pierda mi empleo así?

Andreas la acribilló con la mirada y Siena no pudo evitar admirar la espectacular masculinidad de ese hombre. De inmediato, su mente se pobló de imágenes de Andreas despertándose en la cama con una nueva amante.

–¿Hacer que pierdas tu empleo? –gritó él–. ¿Por qué demonios estás trabajando como camarera después de agenciarte una pequeña fortuna hace apenas un mes?

Siena abrió la boca y la volvió a cerrar. ¿Qué podía decirle? ¿Iba a decirle que le gustaba machacarse la espalda trabajando de pie durante ocho horas? Por supuesto que no.

Necesitaba que ese hombre se marchara para poder seguir intentando vivir sin él y la mezcla de emociones de la que era responsable.

–No es asunto tuyo –contestó orgullosa.

–Me debes una explicación, Siena –Andreas se cruzó de brazos.

–Yo no te debo nada –ella sacudió la cabeza, presa del pánico.

–Pues claro que sí, especialmente después de este numerito.

Andreas volvió a agarrarla y la condujo pasillo abajo,

lejos de la fiesta. Siena se sentía invadida por una sensación de inevitabilidad. No tenía ninguna posibilidad de resistirse a él cuando se comportaba de ese modo.

Al dirigirse a la recepción y pedir la llave de la suite Presidencial, Siena comprendió que el hotel era de su propiedad. El ascensor les llevó a la última planta. Él seguía sin soltarle la mano y ella se recriminó la reacción de su cuerpo.

Andreas abrió la puerta y la empujó al interior de una lujosa suite, y al fin la soltó.

Siena se sentía incómoda con el uniforme. Llevaba los cabellos recogidos en una cola de caballo y el rostro totalmente desprovisto de maquillaje. La única joya que llevaba puesta era la gargantilla de oro con la jaula de pájaro. Esa gargantilla le quemaba la piel, a pesar de haberla pagado con sus últimos ahorros.

–Siéntate, Siena, antes de que te caigas –Andreas sirvió una copa y se la ofreció.

Siena miró a su alrededor y descubrió una solitaria silla junto al sofá. Sentándose, probó un sorbo de la copa de Baileys, su bebida favorita. Se había acordado.

Andreas le dio la espalda y se asomó a la ventana. La mirada de Siena se detuvo en el bonito trasero, recordando cómo había sido tenerlo entre las piernas, hundiéndose en su interior.

–De modo que muestras una especie de inclinación masoquista hacia los trabajos más bajos tras una vida de excesos. O quizás te ha dado un ataque de mala conciencia y has entregado todo el dinero a la beneficencia. Quiero saber qué has hecho con mi dinero, Siena. A fin de cuentas, la suma era bastante considerable.

Podría intentar mentirle, otra vez, inventarse una excusa. Pero lo cierto era que le debía una explicación. Mucho más que una explicación. Le debía su dinero.

Con mucho cuidado, Siena dejó la copa. Su mente estaba hecha un lío. ¿Podía contarle la verdad? ¿Apelar a su sentido de la compasión?

Sabiendo a su hermana al fin sana y salva, y diciéndose que tampoco hacía falta revelarlo todo, intentó hacer acopio de coraje.

—El dinero era para mi hermana, no para mí —confesó al fin.

—Dijiste que estaba en el sur de Francia con unos amigos —Andreas la miraba confuso.

Siena percibió la comprensión aflorar a su mirada, aunque fuera una comprensión equivocada.

—¿Necesitaba el dinero para sufragar su libertino estilo de vida? ¿Para eso te has prostituido voluntariamente?

La crudeza de las palabras levantó a Siena de la silla. Era evidente que no iba a poder salir del paso con una explicación tan descafeinada.

—No, no es eso —ella se mordió el labio y dio el salto—. Serena jamás estuvo en el sur de Francia. Está aquí, en Inglaterra. Vino conmigo cuando me marché de Italia. Te mentí.

—Ya conozco tu propensión a las mentiras. Ahora cuéntame algo que no sepa.

Siena dio un respingo. Se lo merecía. Incapaz de soportar la mirada de Andreas, se acercó a la ventana y se cruzó de brazos.

—Mi hermana está enferma. Sufre una enfermedad mental desde hace años. Seguramente se desencadenó poco después de la muerte de nuestra madre. Yo tenía tres años y Serena cinco. Ella siempre fue una niña difícil. Sufría muchas rabietas y nuestro padre solía encerrarla en su habitación. Su enfermedad se manifestó en forma de brotes depresivos, seguidos de episodios maníacos, en la temprana adolescencia. Se puso tan mal que llegó a sufrir alucinaciones. En una de esas ocasiones intentó quitarse la vida, y se volvió adicta a las drogas y el alcohol.

Andreas no decía ni una palabra y ella continuó, demasiado asustada para mirarlo.

—Nuestro padre no soportaba su fragilidad y se negó a atenderla. Fue tras el intento de suicidio cuando fue diagnosticada de un trastorno bipolar severo, pero él se negó a proporcionarle tratamiento alguno por miedo a que la prensa se enterara —la voz de Siena se cargó de amargura—. A pesar de su fama de chica alegre, seguía siendo una valiosa heredera, aunque no tanto como yo.

Siena cerró los ojos y rezó para hallar la fuerza suficiente para poder mirar el rostro de Andreas, sin duda cargado de desprecio.

—Sigue —la apremió él con frialdad.

—Cuando nuestro padre desapareció, Serena sufrió una fase maníaca. Era imposible controlarla. Lo único que pude hacer fue persuadirla para que me acompañara a Inglaterra. Ella sabía que necesitaba ayuda, y la quería. Encontré una buena clínica psiquiátrica en la que fue admitida. Me quedaba algún dinero de la herencia de mi madre que las autoridades no me habían quitado y con eso costeé el traslado y los primeros meses de tratamiento. Es complicado, porque primero hay que tratar sus adicciones.

Siena apartó la mirada, avergonzada.

—Pensé que con mi sueldo podría seguir pagando su tratamiento, pero calculé mal, y cuando volví a encontrarte, solo quedaba dinero suficiente para unas pocas semanas. Está en una fase muy delicada del tratamiento y si lo abandonara ahora porque no podemos pagarlo, los médicos dicen que las consecuencias podrían ser catastróficas.

Desesperada por defender a su hermana, continuó.

–No es solo una chica descerebrada de la alta sociedad. Tiene una enfermedad. Si la hubieras visto. El pánico, la angustia... Y no había nada que yo pudiera hacer.

Para vergüenza de Siena, unas gruesas lágrimas inundaron sus ojos.

–Es mi hermana y haré lo que sea para ayudarla. Es lo único que me queda en el mundo.

–¿Y qué pasa con tu hermanastro?

–Sabía que no podía contar con él. Ya viste cómo reaccionó al verme. El recuerdo de lo que pasó con mi padre ha quedado grabado en mi memoria. No hablaba en serio cuando dije lo que dije después. Estaba furiosa y me sentía vulnerable. Cuando se enfrentó a nuestro padre, si Serena o yo hubiésemos siquiera mirado en su dirección, nos habría castigado sin piedad. No tienes ni idea de lo que era capaz.

–¿Y por qué no me lo cuentas?

Siena se sentía aturdida. Andreas le formulaba unas inocentes preguntas que le atravesaban el alma, haciéndole hablar de cosas de las que no había hablado jamás con nadie. Ni siquiera con Serena.

–Era un sádico –de repente le flaquearon las piernas y tuvo que sentarse de nuevo–. Disfrutaba con el sufrimiento de los demás, pero especialmente con el de Serena, porque era testaruda y muy difícil de controlar. Ella se convirtió en su desahogo porque sabía que podía contar conmigo para portarme bien.

Respiró hondo y continuó.

–Desde muy pequeña descubrí lo que podía suceder si no era buena. Una vez me pilló pintando las paredes del *palazzo*. Me llevó a su despacho y llamó a Serena. Con una vara de bambú le azotó la mano hasta hacerla sangrar. Después me dijo que si volvía a portarme mal, volvería a castigar a Serena.

Miró a Andreas y sintió un frío vacío en su interior.

–Ella ni siquiera me culpó. Ni entonces ni nunca. En el fondo sabía que yo sentía el mismo dolor que ella.

–¿Qué edad tenías cuando sucedió? –preguntó Andreas con voz gélida.

–Cinco.

–Quiero que me expliques qué pasó en París aquella noche.

Siena sabía que era inevitable que surgiera la cuestión. Le debía una explicación, aunque no sirviera para absolverla de sus pecados.

–Aquella noche en París, cuando mi padre nos descubrió, me entró el pánico. Lo que sucedió no fue premeditado. Estaba aturdida por la magnitud de la atracción entre nosotros. Llevaba toda la velada mirándote. Jamás había sentido nada parecido. Sé que no me creerás, sobre todo porque fingí tener más experiencia –continuó ella con la vista baja–. Cuando mi padre apareció, supe lo que había hecho. Serena estaba pasando un bache y yo le había suplicado que le permitiera recibir tratamiento médico. Me aterrorizó pensar qué le podría hacer.

Andreas se sentó a su lado en el sofá y le sujetó la barbilla para obligarla a mirarlo.

–¿Me estás diciendo que no te propusiste seducirme? ¿No lo hiciste por aburrimiento? ¿Me estás diciendo que me destrozaste la vida por miedo a lo que pudiera hacer tu padre?

–Sí, fui una cobarde –susurró ella–. Elegí proteger a mi hermana por encima de ti. No quería ni imaginarme hasta dónde sería capaz de llegar mi padre.

–*Theos*, Siena. Arruinaste mi vida por no ser capaz de enfrentarte a tu padre.

Siena se puso en pie. Debería haberse esperado algo así de Andreas, pero aun así tenía el estómago encogido.

–Lo siento, Andreas. Lo siento muchísimo. Te busqué toda la noche para explicártelo.

De repente, ya no pudo hablar más. La mirada de Andreas la quemaba. Soltó un pequeño sollozo y antes de que todo se volviera negro, oyó un juramento.

Capítulo 9

ANDREAS vigilaba el sueño de Siena. La había atrapado justo antes de que se cayera al suelo y se había censurado por interrogarla de esa manera. Las emociones le habían corroído las entrañas y había sentido una furiosa necesidad de conocer la verdad. Suponiendo que fuera verdad.

Una parte de él se empeñaba en seguir creyendo que ella mentía, que se lo había inventado todo. Sin embargo, la palidez ceniciento de su piel no era fingida.

La magnitud de su significado, cómo lo cambiaba todo, era demasiado fuerte para poderlo asimilar. Suponiendo que fuera verdad.

Andreas se quitó la chaqueta y se sentó en una silla. Había descalzado a Siena y la había tapado con una sábana. Desde su posición veía claramente el perfecto perfil, adivinaba las curvas de su cuerpo e, inevitablemente, sintió despertar el deseo.

Cerró los puños con fuerza. ¿Podía creer en ella? Su mente regresó a aquella catastrófica noche y, si conseguía pensar en ello sin el paño de ira que solía recubrir los recuerdos, era cierto que en la mirada de Siena había visto hielo, pero también algo más. ¿Terror?

Su padre le había agarrado el brazo con fuerza. Demasiada fuerza. Lo había olvidado. Y le había suministrado las palabras: «Tú jamás besarías a alguien como él ¿verdad?».

Andreas se sintió asqueado. Esa chica estaba a un

día de cumplir los dieciocho y era inocente e ingenua. Aterrorizada ante su padre, pero no por ella misma sino por Serena.

Las preguntas se agolpaban en su cabeza y frunció el ceño ante otro recuerdo. Tras la paliza de los hombres de DePiero, le habían llamado al despacho de su jefe.

Andreas había estado tan enfadado consigo mismo por su patética ingenuidad que había intentado que sonara, al menos para sus propios oídos, a que había ejercido cierto control sobre la situación. Habían escuchado un ruido y él se había acercado a la puerta. La visión de un vestido de noche que desaparecía le hizo creer en visiones.

¿Había sido Siena? ¿Lo había estado buscando? Frunció el ceño al recordar con brutal claridad las palabras que había pronunciado: «De haber sabido lo odiosa que era, jamás la habría tocado».

Casi soltó una carcajada. ¡Como si hubiera podido resistirse a tocarla! Ella lo había hechizado, y lo seguía haciendo. Era incapaz de no tocarla cuando estaba a su alcance.

Una inquietud le cosquilleó la piel. Desaparecida la rabia y la ira a la que se había aferrado tanto tiempo, se encontraba desnudo ante las revelaciones. Aun así, había una cosa innegable: no estaba dispuesto a permitir que Siena lo abandonara tan fácilmente.

Siena despertó completamente desorientada, sin idea de quién era ni de dónde estaba. Hasta que los detalles empezaron a filtrarse. Estaba tumbada en una enorme cama, y algo parecido a la luz del amanecer entraba por la ventana. Solo se veía el cielo.

Miró a su alrededor y vio que estaba en una habitación palaciega de estilo rococó. ¿Cómo sabía ella qué era el rococó? Estaba cubierta por una sábana y le dolía la cabeza. Dando un respingo se soltó la apretada cola de caballo.

Retiró la sábana y comprobó que estaba vestida con una camisa blanca y una falda negra. Y de repente, todo regresó a su mente. La recepción. Andreas. Todo lo que le había contado. El enfado de Andreas. El desmayo.

Siena se cubrió los ojos con una mano, como si eso pudiera borrar las imágenes de su mente. Lentamente, se levantó de la cama y caminó hasta el cuarto de baño sobre piernas inestables y gelatinosas. El reflejo del espejo dibujó una mueca en su rostro. Estaba hecha un desastre y se sentía pegajosa. La visión de la ducha le despertó el deseo de lavarse, de sentirse nuevamente limpia. Se desnudó y se colocó bajo el potente chorro de agua.

Andreas. Tras lavarse concienzudamente, se secó. Era hora de enfrentarse a Andreas.

Lo encontró en el salón de la suite, sentado ante la mesa, desayunando mientras leía el periódico. Siena se había vuelto a poner el uniforme, pero sin la pajarita ni los zapatos.

Andreas dejó el periódico a un lado y se levantó en un gesto de caballerosidad que la pilló desprevenida. No obstante, Siena dio un paso al frente con el corazón acelerado.

–Lo siento –comenzó con voz ronca–. No sé qué me pasó. Gracias por dejarme dormir.

–Siéntate y come algo –él le ofreció una silla–. Estás más delgada.

Siena evitó su mirada. Era cierto que había perdido peso. No tenía mucho presupuesto para comida.

–Siento mucho el interrogatorio al que te sometí

anoche –se excusó él con gesto tenso–. Fue demasiado para ti.

–Lo sé –Siena sintió el corazón oprimido–. Lo siento.

–Comprobé lo que me contaste sobre Serena –Andreas se mostraba a la defensiva–. Habría sido un idiota de no haberlo hecho después de todo lo sucedido.

–Por supuesto –Siena se sintió profundamente herida. Andreas no había confiado en ella–. ¿Y qué piensas hacer?

–Nada –Andreas encajó la mandíbula–. Tu hermana se merece todos los cuidados necesarios tras soportar una vida de maltrato.

–Gracias –contestó ella sintiéndose ligeramente mareada–. Te devolveré el dinero –balbuceó–. Si pudieras concederme unos plazos para...

–¿Con tu sueldo? –él la miró perplejo–. Terminarás de pagarme con tu pensión de jubilación.

–Encontraré otro trabajo –Siena se ruborizó y echó mano del poco orgullo que le quedaba–. Hay subvenciones para personas que cobran el salario mínimo, cursos...

–No tienes que devolverme el dinero –la interrumpió él con amargura mientras le servía una taza de café y una tostada–. Si me hubieras contado desde el principio para qué lo necesitabas, te habría ayudado.

–Perdóname si no te creo –era el turno de Siena de mostrar perplejidad–. Me odias y buscabas vengarte de mí. De haberte contado que mi hermana estaba ingresada en una clínica para tratar sus adicciones y problemas mentales, te habrías reído en mi cara –bajó la mirada, tímida–. Eso es lo que siempre hacía mi padre.

A Siena se le escapó el respingo que dio Andreas.

–Mi mejor amigo se suicidó hace unos años y fui testigo de la devastación que produjo. No te creas ni por un segundo que subestimo las enfermedades mentales.

Puede que al principio no me mostrara inclinado a ayudarte, pero si me lo hubieras explicado...

–¿Qué? –Siena levantó la vista–. ¿Si te hubiera explicado la escabrosa realidad de nuestras vidas? ¿Los sádicos abusos de mi padre?

–¿Por qué no se marchó Serena en cuanto pudo hacerlo? –preguntó él.

–Por mí –Siena tragó con dificultad–. No quiso dejarme sola. Y cuando me hice mayor, dependía demasiado del dinero de nuestro padre para conseguir alcohol y drogas.

–Y mientras ella se quedara, tú también te sentías obligada a hacerlo –observó Andreas.

Siena asintió.

–Ahora que lo sé todo, me ocuparé de las facturas de Serena –anunció mientras doblaba la servilleta–. No hace falta que me devuelvas el dinero.

–Sí hace falta –Siena sintió una opresión en el pecho–. Tú no me, no nos, debes nada, pero yo sí te debo mucho. Más de lo que podré devolverte jamás. De no haber sido por mí, no te habrían dado una paliza y no habrías tenido que abandonar Europa.

Para desesperación de Siena, unas gruesas lágrimas amenazaron con desbordarse de sus ojos, pero se obligó a mirar a Andreas.

–No tienes ni idea de lo que me gustaría volver atrás en el tiempo, deshacer lo sucedido.

–Eso es un sueño –Andreas la miró con dureza–. Si nos concedieran de nuevo ese momento, nada podría impedirnos tocarnos otra vez. Fue inevitable.

–¿Qué quieres decir? –el corazón de Siena galopaba alocadamente.

–Lo que quiero decir es que la química entre nosotros es demasiado fuerte para poder ignorarse. Lo era entonces y lo es ahora.

–¿Ahora? –repitió ella como un loro.

Andreas asintió y se levantó. Se acercó a Siena y le tomó las manos, tirando de ella. De repente le pareció muy alto, muy cerca. El masculino calor la envolvió y sintió una oleada de intenso deseo. Durante el último mes se había negado a admitir ante ella misma lo mucho que lo echaba de menos, cuánto lo deseaba en la cama por las noches.

–Aún no hemos terminado, Siena.

Sujetándole la nuca con una mano la atrajo hacia sí antes de atrapar sus labios con la boca, ardiente e impaciente. Ella lo sintió endurecerse contra su estómago y gimió.

Siena levantó los brazos y hundió las manos en los cabellos de Andreas. Una idea resonaba en su cabeza: lo sabía todo y aun así la deseaba. Había pensado que el deseo había muerto la noche en que se habían despedido. Una salvaje alegría hizo que la sangre atravesara su cuerpo como un torrente cuando se apartó para contemplarla antes de tomarla en brazos.

Andreas la tumbó sobre la cama y empezó a desabrocharle la camisa mientras ella hacía lo propio con la de él. La torpeza de sus dedos casi le hicieron llorar y Andreas la ayudó arrancándose la camisa de un fuerte tirón.

Siena se sintió poseída por una urgencia que no había sentido jamás. Tras desabrocharle la camisa, Andreas le quitó el sujetador antes de agachar la cabeza para homenajear a los erectos pezones, haciéndole gritar de placer.

Siena apenas se dio cuenta de que Andreas le estaba bajando la cremallera de la falda, hasta que la tumbó de espaldas para poder deslizar la prenda por los muslos.

Cuando vio a Andreas desabrocharse el pantalón y bajárselo junto a los calzoncillos, sintió que le faltaba el aire. Por fin lo vio, desnudo y excitado. El corazón se le aceleró y una ardiente humedad se instaló entre sus muslos.

Andreas se tumbó a su lado y con hábiles manos la terminó de desnudar por completo.

Una extraña sensación agarrotó a Siena que levantó una mano y acarició a Andreas.

Él le tomó la mano y la condujo hacia abajo y ella abrió los ojos desmesuradamente cuando sintió la erección crecer entre sus dedos. La mano comenzó a moverse instintivamente estableciendo un ritmo mientras las mejillas de Andreas se enrojecían.

Las bocas se encontraron y las lenguas iniciaron un sensual baile. Andreas deslizó una mano hasta los muslos de Siena y los apartó. Los dedos encontraron la evidencia de su excitación y la acariciaron con un ritmo que le hizo arquear la espalda y tomar aire.

Y cuando esos dedos se introdujeron en su cuerpo, Siena sufrió unos placenteros espasmos preorgásmicos.

—Estás dispuesta —habló Andreas con voz grave—. Te deseo. Te he echado de menos.

—Yo también te he echado de menos —el corazón de Siena se paró durante un segundo.

Andreas retiró la mano y ella oyó rasgarse un envoltorio antes de que el extremo de su erección se apoyara en su feminidad. Siena abrió más las piernas, se mordió el labio y arqueó la espalda para obligarle a penetrarla. Nunca había experimentado tal placer con ese hombre. Era más intenso que nada que hubiera sentido jamás.

Andreas inició un movimiento de entrada y salida mientras Siena echaba atrás la cabeza sintiendo tal plenitud que tuvo que boquear para tomar aire. Y en ese instante lo supo.

Amaba a ese hombre como jamás había amado a ningún ser, ni siquiera a su hermana.

Sin embargo, aún no se sentía capaz de asimilarlo. Ese hombre le privaba de toda capacidad de pensamiento, le robaba el aliento y la capacidad para hablar.

Lo único en lo que podía concentrarse era en el intenso baile entre sus cuerpos. Intentaba no lanzarse al vacío demasiado pronto, deleitándose en la fuerza y el control de Andreas. Pero cuando se hizo demasiado intenso ya no pudo aguantar más. No cuando abrazó las caderas de Andreas con las piernas. No cuando él inclinó la cabeza y cerró la boca en torno a un erecto pezón.

Siena gritó presa de la emoción. Había pensado que jamás volvería a sentir algo así.

Su cuerpo se tensó durante un segundo antes de dejarse caer al vacío, cerrándose sobre la fuerte erección hasta que él también llegó.

Siena volvió a despertar desorientada, en esa ocasión por encontrar a Andreas en su cama, contemplándola. Ruborizándose, le sonrió. Habían pasado muchas cosas en un día.

—Quiero que vengas a casa conmigo —le anunció él con gesto serio.

—¿A casa? ¿A tu apartamento?

—No pienso aceptar una negativa —él asintió—. Te vienes conmigo, Siena.

Ella lo miró largo rato. Andreas tenía la mirada que tan bien conocía, seria y decidida.

Sintiéndose claustrofóbica apartó la vista y la dirigió hacia el albornoz que había dejado a los pies de la cama. Lo agarró y, levantándose de la cama se lo puso.

—Andreas... —empezó sin saber muy bien qué decir.

Andreas estaba tumbado con las manos bajo la nuca. Su torso se hinchaba con el movimiento de la respiración y Siena se distrajo momentáneamente con la visión.

Con gran esfuerzo, arrancó los ojos de su cuerpo y la fijó en sus ojos.

–Andreas –empezó de nuevo.

Él arqueó una ceja.

–La situación ha cambiado. Te debo una enorme cantidad de dinero –ella se sonrojó–. No me sentí cómoda aceptando las joyas, ni vendiéndolas, pero cuidar de Serena me parecía más importante que mi mala conciencia.

No le resultaba fácil hablar cuando Andreas estaba estirado en la cama, desnudo.

–Pero ahora no me sentiré cómoda a no ser que me permitas llegar a un acuerdo. No puedo, no está bien. No después de todo lo que ha sucedido. Prefiero devolverte el dinero e intentar cuidar de Serena antes que permitir que tú pagues sus facturas.

–Eso no es negociable –Andreas se sentó en la cama–. No después de haber conocido su situación. Vas a permitir que pague yo, Siena.

–Pero ¿es que no lo ves? –suplicó ella–. Estaré en deuda contigo el resto de mi vida. No podría soportarlo. Mi padre fue un tirano, nosotras le pertenecíamos –a pesar de la peligrosa expresión en el rostro de Andreas, ella continuó–. No digo que seas igual que él, pero no soportaría volver a esa clase de obligación.

–No parecías tener tantas dudas cuando te marchaste con una fortuna en joyas.

–No pensé que fuera a verte nunca más –Siena se ruborizó intensamente–. Me llevé las joyas porque pensé que era la mejor elección, que el fin justificaba los medios. Tú estabas encantado de que me marchara, y no es que hicieras gran cosa para impedírmelo.

–Eso es verdad –los ojos de Andreas emitieron un

destello–. A fin de cuentas conseguí la valiosa virtud DePiero. Pero ahora quiero que vuelvas conmigo.

«Quiero que vuelvas conmigo», Siena se sentía débil y las preguntas se agolpaban en su cabeza. «¿Durante cuánto tiempo? ¿Por qué? ¿Se trata solo de sexo?».

«Por supuesto que se trata solo de sexo», sonó una vocecita en su interior.

–Yo... –empezó Siena.

–Los dos sabemos que, en cuestión de segundos, puedo tenerte gimiendo en mi apartamento –la interrumpió él–, y no creas que no pienso demostrártelo.

A Andreas no le había gustado la sensación de pánico que lo había agarrotado. No tenía nada con lo que retenerla.

–Si vuelvo contigo, quiero que las cosas sean diferentes –susurró ella.

Andreas se quedó lívido. Estaba muy serio.

–Quiero encontrar un trabajo. Un trabajo mejor, si puedo, y empezar a devolverte el dinero –Siena alzó una mano para impedir que Andreas protestara–. Y eso tampoco es negociable. Tengo algunas habilidades, como escribir a máquina. Solía ejercer de secretaria de mi padre cuando la suya estaba de vacaciones o enferma. También trabajé esporádicamente en un colegio local con niños de necesidades especiales.

Estremeciéndose ligeramente, continuó.

–Además, no quiero más joyas. No quiero ver una joya durante el resto de mi vida.

–¿Algo más? –preguntó Andreas.

–En cuanto que esta química, o lo que sea, se termine. Porque no podrá durar para siempre ¿verdad? No puedo...

–Aún no ha terminado –Andreas le ofreció su mano–. Ven aquí, Siena.

–¿Aceptas mis condiciones? –ella se mantuvo apartada.

–Sí –gruñó él movido por el deseo–. Ven aquí.

Seis semanas después

–Buenas noches, Siena, te veo el lunes. Que pases un buen fin de semana.

–Buenas noches, Lucy –Siena sonrió–. Espero que tu niña se mejore pronto.

La otra mujer se marchó, cerrando la puerta. Siena miró a su alrededor. Era la única mecanógrafa que quedaba. Faltaba una semana para que recibiera su primer sueldo y se sentía puerilmente entusiasmada.

A veces apenas podía creerse su suerte. Serena estaba sana y salva en manos de los mejores especialistas y ella llevaba una vida plena e independiente. Bueno, todo lo independiente que podía ser tu vida junto a un macho alfa que no soportaba tenerte lejos.

Se levantó y se puso el abrigo mientras miraba por la ventana. Una oleada de deseo le calentó las entrañas al ver el deportivo color plata y a Andreas apoyado contra él.

Había pasado dos días en Nueva York. Dos días sin verlo.

–Quiero que me acompañes –se había quejado una mañana en la cama–. ¿Por qué insistes en trabajar cuando no te hace falta?

Siena había puesto los ojos en blanco, harta del mismo argumento, sin atreverse a afirmar en voz alta que llegaría un día en que Andreas no la desearía más.

Había sido él quien la había ayudado a encontrar el trabajo, redactando un currículo en el que no aparecía ninguna cualificación laboral.

–De todos modos no importa –había asegurado él–. En cuanto entres en la oficina, todos estarán demasiado ocupados babeando como para fijarse en tus cualificaciones.

Andreas había cambiado. No se mostraba especialmente abierto, pero sí ofrecía una faceta suya que le hacía enamorarse de él un poco más cada día.

Le recordaba dolorosamente al hombre que había conocido en París años atrás, antes de que el universo se hubiera derrumbado a su alrededor.

Había conseguido el empleo tras una segunda entrevista y él la había sorprendido cocinando un plato tradicional griego para celebrarlo.

Siena bajó las escaleras a la carrera mientras reflexionaba sobre el hecho de que Andreas seguía sin contarle nada de su vida privada. Tras la última vez que le había mencionado a su familia, y tras comprobar su reacción no se había atrevido a volver a hacerlo.

De todos modos, ¿de qué serviría? No era probable que se convirtiera en una figura permanente en su vida.

Al salir a la calle se quedó sin aliento ante la turbia mirada que él le dirigió. Andreas se guardó el teléfono en el bolsillo y la besó apasionadamente. A Siena no le importó que todo el mundo la viera. Dos días sin él eran como dos meses.

–¿Me has echado de menos? –él rio.

–En absoluto –Siena se ruborizó y fingió altivez–. ¿Cuánto tiempo has estado fuera?

Su relación había tomado unos tintes de camaradería, muy distintos que al principio.

–Ya te haré pagar por eso más tarde.

Abrió la puerta del coche para Siena y luego se sentó al volante.

–Mi jefe me ha dicho hoy que puede que me asciendan –le anunció ella con cierta timidez–. Puede que trabaje como secretaria personal dentro de un mes.

–Si tú quieres, yo puedo ofrecerte un ascenso... a mi cama.

Siena puso los ojos en blanco y detuvo la mano de Andreas que empezaba a deslizarse por su muslo. Le avergonzaba lo excitada que se sentía.

–Ya ocupo un lugar en tu cama. Y sabes que no voy a renunciar a mi empleo.

–Al menos no te exigen trabajar el fin de semana –suspiró él resignado–. Durante las próximas cuarenta y ocho horas serás mía.

–¿Adónde vamos? –Siena se dio cuenta de que no tomaban el camino habitual.

Andreas la miró con expresión avergonzada.

–Andreas Xenakis ¿qué estás tramando?

–Vamos a pasar el fin de semana en Atenas –contestó él con aire resignado–. Te prometo que estarás de nuevo en tu trabajo a las nueve de la mañana el lunes.

–Pero, no llevo nada. ¿Se trata de una recepción?

–Un baile benéfico –él asintió–. Ya le he dado instrucciones a mi secretaria para que fuera a mi casa y recogiera algo de ropa y tu pasaporte.

En momentos como ese, a Siena le seguía sorprendiendo el poder de Andreas.

–Mi hermana pequeña acaba de tener un bebé –continuó él–. Prometí a mis padres que iríamos a comer el domingo antes de volver a casa.

–¿De verdad? –miles de mariposas revolotearon en el estómago de Siena–. Suena bien.

La noche siguiente, en el salón del baile del hotel en el que se alojaban, Andreas contempló a Siena que volvía del tocador. La punzada que parecía haberse instalado en sus entrañas se intensificó. Llevaba el mismo vestido negro que se había puesto la primera noche que había salido y su única joya era la gargantilla con la jaula de pájaro.

Apenas llevaba maquillaje, y aun así destacaba sobre todas las demás mujeres. Resplandecía. Al verlo sonrió y él sintió el calor que lo inundaba, más profundo que la mera lujuria y el deseo, pero algo lo detuvo, el dolor de sus entrañas se intensificó.

No podía evitar la sensación de que estaba perdiendo algo. Alguien agitó una mano en el aire, llamando su atención y, aliviado, vio un rostro familiar. La distracción fue bienvenida pues le evitaba pensar en lo que Siena le hacía sentir.

Sin embargo, cuando ella estuvo a su lado, no pudo evitar rodearla con un brazo.

–¿Te gustaría conocer a la diseñadora de tu gargantilla? –le propuso mientras intentaba ahogar sus turbulentas emociones–. Es la esposa de un amigo mío, y se encuentran aquí.

Siena se llevó la mano a la gargantilla y abrió los ojos desmesuradamente.

–¿De verdad? ¿Angel Parnassus está aquí? ¡Me encantaría conocerla!

Andreas tomó a Siena de la mano y la guio entre la multitud, emocionado ante la alegría de Siena. La situación había cambiado, pero la esencia era la misma. Siena estaría con él hasta que se sintiera capaz de dejarla marchar. Y ese día se acercaba.

Capítulo 10

ANDREAS había dispuesto un helicóptero para trasladarles el domingo desde Atenas hasta un pequeño helipuerto cerca de la ciudad de sus padres. Siena no podía evitar la sensación de aprensión que tenía en el estómago y era consciente de la tensión en Andreas.

Un todoterreno les aguardaba a su llegada y se dirigieron a una carretera de montaña.

–¿Con qué frecuencia vienes a casa? –preguntó Siena con curiosidad.

–No lo suficiente según mi madre.

Ella no comprendía las reticencias de Andreas. Si su familia hubiera sido como la suya, jamás se habría marchado.

–¿Es ahí? –sus pensamientos quedaron interrumpidos al aparecer en escena un colorido pueblo colgado sobre una colina.

–Sí –contestó Andreas.

Siena miraba a su alrededor con interés. Las calles eran amplias y limpias, y la gente paseaba entre puestos callejeros y tiendas. Había muchas construcciones y tuvo la sensación de que Andreas tenía algo que ver en toda esa prosperidad.

Ascendieron por serpenteantes calles hasta llegar a una hermosa y pintoresca plaza con una iglesia medieval y árboles centenarios.

–Esto es hermoso –Andreas detuvo el coche y Siena se desabrochó el cinturón.

–En los días claros se ve hasta Atenas.

–Te creo –suspiró ella, impresionada por las vistas.

En cuanto se bajaron del coche apareció un grupo de niños gritando y riendo. Se abalanzaron sobre Andreas que levantó a uno en vilo y sonrió complacido.

Quizás, por algún motivo, no le gustara regresar a su casa, pero amaba a su familia.

–Estos son algunos de mis sobrinos –dejó al pequeño en el suelo y todos desaparecieron como habían llegado–. Seguramente habrán oído el helicóptero.

Siena, vestida con unos vaqueros, top rosa y chaqueta gris, tomó la mano que él le ofreció y lo siguió.

Se acercaron a una casa modesta de piedra, cubierta de flores, de la que surgían gritos, risas y el llanto de un bebé. Siena apretó con más fuerza la mano de Andreas.

–¿Va todo bien? –él se volvió.

–Sí –mintió ella.

Mintió porque comprendió que si la familia de Andreas era tan idílica como parecía, la destrozaría.

Sin embargo, era demasiado tarde para echarse atrás. Una pequeña mujer de cabellos grises se dirigió a Andreas y lo besó ruidosamente en las mejillas. Al apartarse de él lo miró con los ojos anegados en lágrimas.

–Mi niño, mi niño.

Andreas presentó a Siena, en griego, a su madre que la miró de arriba abajo antes de agarrarle los brazos con sorprendente fuerza. Asintió una vez, como si acabara de superar el primer escrutinio y luego la abrazó, besándola sonoramente.

Siena se sintió inexplicablemente tímida y se ruborizó. No estaba acostumbrada a que un extraño la tocara tanto. La madre de Andreas la tomó de la mano y la condujo al interior de la alegre, aunque modesta, casa.

Allí fue presentada a un sinfín de parientes e intentó retener el nombre de todas las hermanas de Andreas: Arachne, con su bebé recién nacido que dormía plácidamente en un rincón, Martha, Eleni, Phebe e Ianthe. Todas muy morenas y guapas.

A continuación, Andreas la condujo junto a su padre, un hombre muy deteriorado por la artritis, pero en el que se adivinaba el porte y atractivo que había heredado su hijo.

La comida resultó bastante caótica. Los niños entraban y salían sin cesar y todo el mundo hablaba a la vez, pero el amor y el afecto era más que patente. Andreas tenía a un sobrino acurrucado en su regazo y Siena sintió que se le agarrotaba el estómago.

Y entonces recordó la cruel respuesta que le había dado cuando le había preguntado si quería tener hijos.

Un ataque de pánico la sobrecogió al ver acercarse a Arachne con el bebé. Enfrentarse a la escena despertó en ella los más profundos temores y anhelos. ¿Cómo iba a poder ser madre si no sabía lo que era tener una?

Pero Arachne no aceptaba una negativa por respuesta y le colocó al bebé en los brazos.

A Andreas no le había pasado desapercibido el gesto de horror de Siena y, furioso, se había puesto en pie, pensando que esa mujer rechazaba a su familia. Sin embargo, su madre lo había detenido.

—Espera. Déjala.

Enseguida la expresión inicial fue sustituida por otra de intensa emoción y él comprendió que solo había sido miedo, y entonces recordó su propio miedo al sostener en los brazos por primera vez a un bebé.

—Es tan diminuto y perfecto —Siena sonrió temblorosa—. Me da miedo hacerle daño.

—No lo harás —contestó Andreas con un nudo en la garganta.

Ver al bebé pegado al pecho de Siena cuyo dedo meñique estaba aprisionado por una pequeña y regordeta manita... Andreas esperaba en cualquier momento sentir la familiar oleada de claustrofobia, pero no llegó. Lo que sí llegó fue una emoción que no lograba entender. Una emoción nueva, frágil, tierna. Y peligrosa.

–¿Qué he hecho mal? –preguntó Siena angustiada ante el repentino llanto del bebé.

Andreas aprovechó la situación para interrumpir la inquietante escena y tomó delicadamente al bebé para colocárselo contra el hombro y darle unas suaves palmadas en la espalda.

–Nada –contestó secamente pasándole el bebé a su hermana–. Tendrá hambre otra vez.

La expresión embelesada de Siena fue el detonante para que Andreas se pusiera en pie y le tomara la mano.

–Deberíamos regresar a Atenas si no queremos perder la posibilidad de volar esta noche.

La madre de Andreas dijo algo, pero hablaba demasiado deprisa para Siena.

–¿Qué ha dicho? –preguntó cuando la mujer hubo terminado.

–Me ha preguntado si nos quedábamos a pasar la noche –Andreas miró a Siena con expresión inescrutable.

Siena no pudo evitar un cosquilleo en el estómago.

–Lo malo es que tienes que ir a trabajar mañana por la mañana –le recordó él.

–Es verdad –el cosquilleo cesó de golpe.

–Y no querrás faltar al trabajo ¿verdad?

Siena percibió el desafío en la mirada de Andreas. Si ella flaqueaba, se quedarían.

–No, no quiero –le aseguró con firmeza, a pesar de que hubiera deseado quedarse.

La familia de Andreas se despidió de él con una pro-

fusión de besos y abrazos y la madre abrazó nuevamente a Siena, mirándola con sus dulces y oscuros ojos.

Siena sintió una profunda emoción y estuvo peligrosamente a punto de echarse a llorar y enterrar el rostro
en el pecho de esa mujer, de buscar una clase de consuelo que solo había imaginado en sueños.

Pero Andreas intervino y en pocos segundos estu-
vieron a bordo del todoterreno, luego en el helicóptero
y seguidamente en el avión. Y por fin ella sintió que recuperaba el control.

–¿Qué te han parecido?

Siena contempló a Andreas. Lo había estado evitando. ¿Cómo explicarle a ese hombre que ver a su familia había sido como la materialización de sus sueños?

–Me han gustado mucho.

–Sin embargo –observó él–, no es tu ambiente ¿verdad? Todo tan rústico y una familia tan caótica...

Durante un segundo, Siena no sintió nada. Intentaba
protegerse, hasta que un dolor agudo despertó en su interior. Después de todo lo que le había contado de su
vida, era increíble que siguiera encasillándola de ese
modo.

A pesar de las últimas semanas que habían pasado,
nada había cambiado realmente. Siena quiso recriminárselo, preguntarle por qué no le gustaba regresar a su
hogar, pero se sentía demasiado frágil.

–Tal y como dijiste, venimos de mundos muy diferentes –contestó, forzando una carcajada.

Después se volvió hacia la ventanilla, conteniendo
unas ardientes lágrimas.

Andreas desechó de su mente la incómoda idea de
haber disgustado a Siena. Presentársela a su familia había sido un error. Debería haber ido solo, quizás así le
habría resultado tan asfixiante como siempre. Quizás así
no habría visto a su padre contarle un cuento a una de

sus sobrinas sentada en su regazo. Quizás así no habría tenido que preguntarse por primera vez en su vida, qué habría sido de su familia si su padre no se hubiera quedado para atender a su esposa y sus hijos.

Muchos matrimonios se rompían porque los hombres debían trasladarse a Atenas a trabajar, dejando atrás a sus familias. Pero su padre había optado por quedarse y ese gesto les había proporcionado una gran seguridad y estabilidad.

A Andreas no le gustaba tener que admitir que ver a Siena en ese ambiente no le había resultado tan extraño como había creído que sería. Todos habían quedado hechizados con su elegancia y su sincera amabilidad.

Mirando por la ventanilla, recordó cómo se había apresurado a asegurar que le había gustado su familia. Claro que le había gustado, pero jamás formaría parte de su mundo.

También pensó en las ambiguas emociones que había despertado en él la imagen de esa mujer con el bebé en brazos, seguramente una respuesta natural a su seguridad en que algún día sentaría la cabeza y engendraría a un heredero. Y por primera vez esa imagen no había provocado una sensación de rechazo en él.

Pero no sería con Siena DePiero. Con ella jamás.

Aquella noche, Andreas y Siena llegaron juntos, pero solo provocó una sensación de pena en Siena. Entre ellos había una innegable química que, sin duda, ocultaba el hecho de que prácticamente no había nada más. Deseó ser más fuerte, pero tenía la sensación de que el tiempo se les terminaba y atrapó ferozmente a Andreas entre sus piernas, espoleándole de manera que, cuando llegó, la explosión fue más intensa de lo que había sido jamás.

Tumbada de espaldas sobre la cama, miró a Andreas y sintió de nuevo el calor. Otra vez. Pero ella lo ignoró y detuvo la mano que empezaba a deslizarse por su cuerpo.

—No. Quiero decirte una cosa.

Siena sintió la tensión en el cuerpo de Andreas que retiró la mano.

—Antes —ella respiró hondo—, cuando dijiste que tu familia, tu hogar, no era mi ambiente, te di la razón, pero no debiera haberlo hecho. Porque no es verdad. Ese ambiente es más mío de lo que podrías imaginarte nunca. Ese es el problema. Toda mi vida he soñado con una familia como la tuya. Toda mi vida he deseado saber cómo sería crecer rodeada de amor.

En la penumbra, no adivinaba la expresión en el rostro de Andreas, pero se imaginaba que no le iba a gustar.

—Cuando tu madre me abrazó... Nunca había sentido nada parecido y fue increíble. Me alegro de que me llevaras allí. Fue un honor conocerles.

Tras un momento de tenso silencio, Andreas al fin habló.

—Deberías dormir. Mañana tienes que madrugar.

Cuando estuvo seguro de que Siena dormía, Andreas retiró con cuidado el brazo. Desde que había vuelto a su apartamento, no habían dormido separados ni una noche. Saltando de la cama, se vistió y salió del dormitorio.

En el salón pasó largo rato mirando por la ventana, hasta que adivinó la luz del alba. En su interior retumbaba una convicción contra la que ya no podía luchar.

Se dirigió a su estudio y abrió la caja fuerte, sacando de ella una cajita. Después se sentó, la abrió y se quedó largo rato mirando su contenido.

Decidido, metió la cajita en un cajón. Experimentaba la misma sensación que había tenido al ver a Siena por primera vez tras cinco años, salvo que en esa ocasión la determinación iba acompañada de miedo y no de triunfo.

No le quedó más remedio que admitir que había sentido muchas cosas en los dos últimos meses, y el triunfo no había sido más que un destello pasajero.

Una semana después

Era viernes por la noche y Siena salía de trabajar. Andreas había tenido que quedarse en París y su chófer había ido a buscarla para que se reuniera con él.

De manera que se dirigían al avión privado que la llevaría a aquella ciudad. Estaba muy nerviosa, pues no sabía muy bien qué sentiría estando allí de nuevo. Andreas había estado de un extraño humor toda la semana, contestando a sus preguntas con monosílabos, y aun así mirándola con una ardiente intensidad. Estaba nerviosa y sospechaba que quizás aún no hubiera terminado de torturarla. Quizás tenía previsto dar por terminada su relación en París, donde todo había comenzado.

Aun así, una noche le había sorprendido preguntándole bruscamente por qué le gustaba tanto esa gargantilla de la jaula de pájaro. Sintiéndose un poco ridícula había contestado que para ella simbolizaba la libertad. Andreas no había vuelto a mencionarlo.

Al hacer el amor le había parecido percibir una urgencia añadida. Y la noche anterior, le había espantado sentir las lágrimas aflorar a sus ojos, y había tenido que correr al cuarto de baño antes de que Andreas se diera cuenta.

Siena era consciente de que no iba a poder soportarlo mucho más. Estar con Andreas la estaba destrozando.

Quizás París fuera el lugar donde ella debiera dar por concluida la relación si él no se decidía a hacerlo.

Al aterrizar en París sentía el corazón pesado, a juego con el tiempo gris y lluvioso. El hotel estaba abarrotado y, con un nudo en el estómago, comprendió que era el fin de semana de las debutantes.

Andreas no podía ser tan cruel...

Y entonces lo vio, acercándose a ella y el mundo de Siena quedó reducido a ese hombre. La besó, aunque formalmente, y miró de reojo a las numerosas jovencitas.

–Se me había olvidado que este fin de semana se celebraba el baile.

Siena suspiró aliviada.

–He reservado para cenar –continuaba él–. Nos vamos dentro de una hora. Termino unas cosas y me reúno contigo en la habitación.

Siena subió a la suite e intentó calmar los nervios. Agotada del trabajo de la semana, se dio un baño que tenía como objetivo ser relajante.

Cuando Andreas llegó ella ya estaba vestida para la cena.

Solícito, él la tomó del brazo y la guio hasta el coche que aguardaba en la calle.

–¿En qué piensas? –preguntó ella ante el obstinado silencio de su acompañante.

–En nada importante –contestó él con una tímida sonrisa antes de desviar la mirada.

Se dirigieron a un restaurante nuevo, situado en la última planta de una famosa galería de arte con impresionantes vistas sobre París. La torre Eiffel estaba tan cerca que Siena casi tuvo la sensación de poder tocarla. La conversación giró en todo momento en torno a naderías. Como si apenas se conocieran.

Cuando se levantaron de la mesa, a Siena le asaltó la terrorífica sensación de que algo se le escapaba de las manos. Y decidió que si él no decía nada, ella tampoco lo haría.

El silencio se mantuvo durante todo el trayecto de regreso al hotel. Al entrar en el vestíbulo, un empleado corrió hacia Andreas con gesto de preocupación.

–Uno de los asistentes al baile ha sufrido un infarto –le comunicó Andreas a Siena–. Tengo que asegurarme de que se está haciendo todo lo necesario.

–Si quieres te acompaño –sugirió ella.

–No –él la miró con una expresión indescifrable–, deberías acostarte. Te veré mañana.

Siena lo siguió con la mirada. Alto y orgulloso, dueño y señor de un lugar del que ella le había expulsado años atrás. Aquello siempre se interpondría entre ellos, insuperable.

Se acostó, aunque intentó permanecer despierta, por si le oía regresar, pero el sueño pudo con ella y cuando despertó, aturdida, le pareció que aún era de noche.

–Siena –Andreas la llamaba–, tienes que levantarte. Te he sacado algo de ropa.

Siena lo miró aturdida.

–Te espero fuera.

Andreas llevaba unos vaqueros y un jersey. Al pie de la cama había otros vaqueros y un jersey parecido, junto a una chaqueta.

Confusa, lo vio salir de la habitación y se preguntó si no sería un sueño. Se vistió rápidamente y confirmó su impresión. Estaba amaneciendo.

Recogió los cabellos en un moño y se dirigió al salón donde él la esperaba.

–¿Dónde has estado toda la noche? –preguntó ella con voz ronca.

–Liado con los invitados. Quería llevarte a un sitio.

–Bien –contestó ella, incapaz de descifrar la oscura mirada y dejándose tomar de la mano.

En el ascensor, Andreas mantuvo la vista al frente y no pronunció palabra alguna. Siena intentaba no imaginarse un sinfín de escenarios posibles. Mientras atravesaban el tranquilo vestíbulo, tuvo una horrible sensación de *déjà-vu*. De otra madrugada, cinco años atrás.

Al girar la esquina, la sensación se hizo más fuerte al ver una resplandeciente moto. Siena pestañeó. Quizás sí se tratara de un sueño.

Andreas le soltó la mano y se dispuso a colocarle un casco. No era ningún sueño. Con expresión indescifrable, se puso el suyo también y se sentó sobre el sillín.

Tras recibir instrucciones sobre dónde colocar el pie y cómo sentarse, Siena se acomodó detrás de él.

La moto arrancó, desgarrando el silencio de la mañana. Andreas tomó las manos de Siena y le mostró cómo debía rodearle la cintura con los brazos. El viento les golpeaba a su paso y la sensación de peligro en cada curva resultaba excitante.

—¿Vas bien? —preguntó él cuando se detuvieron ante un semáforo en rojo.

—¡Sí! —gritó Siena mientras asentía.

Tenía la sensación de que eran las dos únicas personas en el mundo.

La torre Eiffel apareció en la distancia, estoica y gris a la luz del amanecer, desprovista de su reluciente fachada nocturna. Mucho más bonita.

Avanzaron por estrechas calles y Siena notó que ascendían, antes de ver la silueta del Sacré Coeur. Atravesando unas estrechas y tortuosas calles al fin llegaron al pie de unos árboles donde Andreas detuvo la moto.

Bajándose, se quitó el casco. Seguía teniendo la misma y enigmática mirada.

—¿Qué hacemos aquí? —preguntó Siena tras quitarse también el casco.

—Todavía no. Espera un par de minutos.

Tomándola de nuevo de la mano, la condujo colina arriba hasta llegar a las puertas del famoso templo. Siena se volvió para contemplar todo París a sus pies. La vista era impresionante. No era la primera vez que la disfrutaba, pero jamás al amanecer, sin la habitual horda de turistas y con una suave bruma que daba al conjunto un aire de ensoñación.

Había otra pareja. La mujer llevaba la chaqueta del que, sin duda, era su novio sobre un vestido largo. Ajenos a ellos, contemplaban las vistas, tomados del brazo.

—Sentémonos.

Andreas señaló unos escalones y ella aceptó su sugerencia.

—Hace demasiado frío —murmuró él tras pronunciar unas palabras ininteligibles.

—No es para tanto —era cierto que la piedra estaba fría, pero Siena no habría cambiado esos escalones por nada en el mundo—. Andreas, ¿qué hacemos aquí?

Por primera vez percibió que Andreas evitaba su mirada. De repente su corazón se encogió, pues casi hubiera jurado que estaba nervioso. Pareció respirar hondo y entonces la miró. La torturada expresión de sus ojos casi la dejó sin aliento. Sin decir una palabra, tomó sus manos entre las suyas.

Siena nunca lo había visto tan dubitativo y su corazón se aceleró.

—Aquella mañana, cuando saliste del hotel y yo me marché en mi moto... Vine aquí. A este mismo lugar y me senté en estos escalones para contemplar las vistas y maldecirte.

Andreas le apretó las manos con fuerza y continuó.

—Pero, sobre todo, me maldije a mí mismo por mi estupidez. Pensaba que era un imbécil por haberme dejado seducir por ti. Pensé que eras como las demás debutantes. Una mujer de mundo, mimada y aburrida.

–Andreas...

–No –él sacudió la cabeza–. Déjame hablar ¿de acuerdo?

Siena asintió con el corazón en un puño.

–Te deseé desde el instante en que te vi en aquel salón de baile. Y cuando vi la oportunidad, la aproveché. Pero no tenías nada que ver con lo que yo había esperado. Eras dulce y divertida, sexy e inocente.

Hizo una mueca y continuó.

Y eso era precisamente lo que yo creía que habías fingido ser cuando, de pie junto a tu padre, me denunciaste. Cuando sus hombres me sacaron de allí, pensé que me merecía la paliza por idiota. Y cuando mi jefe me llamó al despacho, despotriqué contra ti. Verás, era lo bastante arrogante como para creer que ninguna mujer podría engañarme y no tenía la intención de cambiar de parecer tan fácilmente. Al salir de mi pueblo, me había jurado convertirme en alguien importante. No iba a verme atrapado en una asfixiante vida familiar, como le había pasado a mi padre, y desperdiciar mi vida. Y no iba a enamorarme de una chica, solo para descubrir que ella no me amaba, como le sucedió a Spiro. Pero, en cuanto puse los ojos en ti, me diste la vuelta como a un calcetín. Lo sigues haciendo.

Siena no estaba segura de seguir respirando.

–Después de lo sucedido, te catalogué como una niñata rica y desalmada, pero no pude dejar de pensar en ti. Deseaba desesperadamente entrar en tu mundo. Deseaba poder estar algún día frente a ti y demostrarte que no era un don nadie. Demostrarte que me habías deseado. Oíste la conversación con mi jefe ¿verdad?

–Te estaba buscando –susurró Siena–. Quería disculparme. Explicártelo todo.

–Seguramente no te habría creído –Andreas apretó

los labios–, del mismo modo que a la mañana siguiente no te permití hablar.

–Tuviste que marcharte de Europa –Siena apretó su mano con fuerza–. Por mi culpa.

–Sí –asintió él sonriente–, y seguramente fue lo mejor que pudo haberme sucedido. Llegué a América pletórico de ira y energía. Llamé la atención de Ruben, y el resto es historia. Si no hubiera sucedido aquella noche, si me hubiese quedado aquí, con suerte ahora sería el gerente de ese hotel. Pero desde luego no sería su dueño.

–Tú habrías triunfado de todos modos –protestó Siena enérgicamente.

–¿Te habría importado que yo fuera el gerente de algún hotel de poca monta?

–No, en absoluto –a Siena se le paró el corazón.

–Hay algo que debería haberte dicho hace mucho tiempo –Andreas parecía estar sufriendo–. Cuando me preguntaste si deseaba tener hijos...

Ella recordó su respuesta y lo interrumpió. No quería volver a oír esas palabras.

–No –insistió él–. Lo que dije fue imperdonable y cruel. Me tocaste la fibra sensible y estallé. Y lo siento. No te lo merecías. Cualquier niño sería afortunado teniéndote como madre, Siena.

Siena sintió las lágrimas aflorar a sus ojos y pestañeó con fuerza. La disculpa había sido tan sentida que no podía hablar. De manera que se limitó a asentir. Andreas respiró agitadamente y sacó una cajita del bolsillo del pantalón. Y entonces se arrodilló ante ella, con toda la ciudad de París a su espalda.

Siena abrió los ojos desmesuradamente al contemplar las temblorosas manos que sujetaban la cajita.

–No me puedo creer que esté haciendo esto –admitió él–. Siempre asocié este gesto con la muerte de la ambición y el éxito. Me horrorizaba acabar en mi pueblo, sin nada. Pensaba en mi padre que había sacrificado tanto al no aceptar la beca de la universidad por haber dejado embarazada a mi madre.

–Pero, tus padres... –susurró Siena, aún conmovida por las disculpas e intentando no saltar de alegría ante la visión de esa cajita–. Ellos crearon algo maravilloso. Y sin esas sólidas bases, tú jamás habrías llegado a pensar que podrías escapar de tu ciudad natal.

–Lo sé, lo sé –Andreas sonrió–. Cuando admitiste lo que habías sentido al conocer a mi familia, a mi madre, supe que no podía seguir luchando contra ello. Intenté hacerte admitir que lo odiabas, pero lo hice para no enfrentarme a lo que me había hecho sentir. Porque lo cierto es que volver a casa contigo hizo desaparecer todos mis demonios. Solo vi el amor, la seguridad. Y por primera vez sentí que podría formar parte de ello sin ser devorado.

–Andreas...

Andreas abrió la cajita y Siena vio un precioso anillo de época. El centro estaba ocupado por un enorme diamante rodeado de pequeños zafiros.

–Ya sé que dijiste que no querías más joyas, pero este es el anillo de compromiso de mi abuela. Mi madre me lo dio al cumplir dieciocho años para que se lo regalara a mi futura esposa. No me gustó lo que representaba. Implicaba que debía casarme. Lo cierto era que lo odiaba, el anillo y todo lo que simbolizaba. De manera que me juré que antes se congelaría el Infierno que se lo ofrecería a alguien. Y así ha estado languideciendo en el fondo de una caja fuerte tras otra, hasta esta semana, cuando lo saqué y lo hice limpiar. Porque al fin había encontrado a la única persona con la que podría considerar pasar el resto de mi vida.

Andreas sacó el anillo del estuche y sostuvo la mano de una aturdida Siena en alto.

–Siena DePiero ¿me harías el honor de convertirte en mi esposa? Porque habitas en mi mente y mi corazón desde hace cinco años. Primero fuiste una fascinación, luego una obsesión. Y ahora... te amo. La idea de estar en este mundo sin ti es más terrorífica que nada que haya sentido jamás. Por favor ¿te casarás conmigo?

Siena abrió la boca, pero lo único que surgió de ella fue un sollozo. Las lágrimas le enturbiaban la visión e intentó hablar.

–Yo... –no pudo continuar, superada por las emociones.

Vio palidecer a Andreas. Creía que lo estaba rechazando. Con temblorosas manos, tomó su rostro y lo miró mientras intentaba controlar sus emociones y respiró hondo.

–Sí, Andreas Xenakis, me casaré contigo. Te amo tanto que no quiero vivir sin ti.

No pudo decir nada más. Le rodeó el cuello con los brazos y estalló en sonoros sollozos. Andreas le puso una mano en la espalda hasta que la sintió calmarse. A Siena no le importaba el aspecto que pudiera tener en esos momentos porque Andreas le sonreía y ya no había ninguna sombra del pasado entre ellos. Solo amor.

Tomándole la mano, deslizó el anillo en su dedo. Encajaba perfectamente y ella lo contempló maravillada, sin acabar de creérselo. Mirándolo a los ojos, le falló la respiración.

–Aquella mañana, cuando te marchaste, hubiera querido irme contigo.

–Y yo que lo hubieras hecho, por más que te maldijera –Andreas le acarició la mejilla.

–Ojalá lo hubiese hecho –susurró ella.

–Tu hermana –le recordó él.

–Sí, mi hermana –Siena sonrió con tristeza.

–Serena está bien cuidada y se pondrá bien, te lo

prometo –Andreas le tomó el rostro entre las manos–. Este momento es para nosotros. Empezamos de cero a partir de aquí.

–Sí, mi amor –la sonrisa de tristeza fue sustituida por otra de felicidad.

Tras besarla apasionadamente, Andreas la atrajo hacia sí y, juntos, contemplaron el amanecer sobre la ciudad más bella del mundo.

Epílogo

DOS años y medio después, Siena descansaba a la sombra de un árbol de la plaza junto a la casa de los padres de Andreas. Era un día de fiesta y en la plaza había dispuestas muchas mesas repletas de comida y bebida. La familia de Andreas estaba por todas partes y los niños correteaban felices entre las piernas de los adultos.

Siena divisó la rubia cabellera de su hermana, Serena, sentada a una de las mesas.

Tras recibir el alta de la clínica, la habían llevado a vivir con los padres de Andreas, donde recibía el incondicional amor que su madre repartía por doquier y que le había hecho más bien que todos los tratamientos.

Le habían comprado un apartamento en Atenas e iba a empezar a trabajar. Cada día estaba mejor y más fuerte, rodeada de personas que la querían.

En cuanto Serena se había puesto lo bastante fuerte, Andreas había organizado una reunión entre las hermanas y Rocco. El encuentro había sido muy emotivo y Rocco se había disculpado por su agresividad ante Siena al encontrarla en la fiesta junto a Andreas. Además del hermanastro, tenían un sobrino y una sobrina, y Siena halló en Gracie a su mejor amiga.

A Siena no le costó mucho encontrar al centro de su universo: su esposo y el bebé de año y medio, Spiro.

Andreas levantó la vista y la buscó. Siena reconoció al instante la posesiva mirada de impaciencia que le hizo temblar en su seno, donde una nueva vida se estaba gestando.

Apoyó una mano sobre la tripa, deleitándose ante la perspectiva de darle la noticia más tarde a su esposo. Sus miradas se cruzaron y Siena sonrió, caminando hacia el amoroso abrazo de su familia.

Quedó cautivado por su dulce inocencia...

Martha Jones no había asu-
mido un riesgo en toda su
vida. Hasta el día en que salió huyendo de su boda y sucumbió al magnetismo de un
hombre al que acababa de
conocer. Un hombre al que
conocía solo como Diablo.
El lobo solitario Carlos Orte-
ga no prometió a la señorita
Jones más que una noche
ardiente de pasión. Pero ese
encuentro podría acarrear
consecuencias en el futuro...

El diablo y la señorita Jones

Kate Walker

La marca del amor

JULES BENNETT

Noah Foster, uno de los mejores cirujanos plásticos de Hollywood, podía lograr la perfección con sus manos. Y sabía que perder a alguien amado tenía un coste. Por eso no podía apartarse de Callie Matthews. Cuando tras un accidente ella vio destrozado su sueño de convertirse en estrella, él prometió que la curaría por dentro y por fuera.

Sin embargo, vivir bajo el mismo techo hizo que la potente atracción que había entre ellos fuera imposible de ignorar. Él no mantenía relaciones serias, pero tampoco podía dejar escapar a Callie…

La marca del amor
JULES BENNETT

¡Una llamada para el cirujano plástico
más cotizado de Los Ángeles!

¡YA EN TU PUNTO DE VENTA!

Bianca.

Él era su único buen recuerdo en medio de una vida sombría...

Stefan Ziakas era el archienemigo empresarial de su padre, pero también era el único hombre que había hecho que Selene Antaxos se sintiera hermosa. Por eso, y a pesar de sus reticencias, Selene decidió acudir a él en busca de ayuda cuando decidió forjarse una nueva vida.

Pero el implacable millonario no tenía nada que ver con el caballero andante que ella recordaba. En cuestión de días, Selene, seducida, perdida la inocencia y traicionada, se dio cuenta de que había vendido su alma, y su corazón, al diablo.

HARLEQUIN   Bianca.

Sarah Morgan
Vida de sombras

Vida de sombras

Sarah Morgan